小説
Novel
CARDCAPTOR SAKURA

アニメ

カードキャプターさくら
クリアカード編
CARDCAPTOR SAKURA

1

JN242630

原作: CLAMP
有沢ゆう希

Kodansha KK bunko

目次

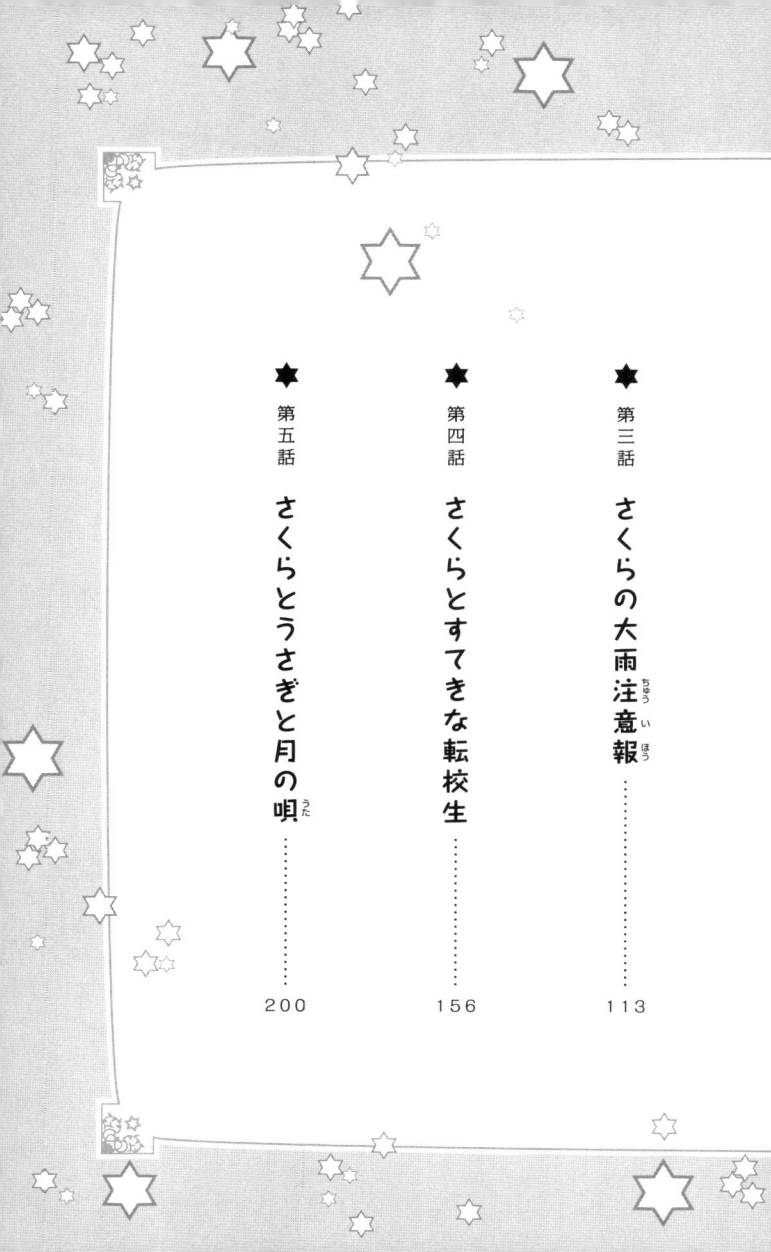

木之本 桜
（きのもと さくら）

元気いっぱいな女の子。
好きな科目は体育と音楽。
こわいのが苦手で、
ちょっぴりお寝坊《ねぼう》さん。
封印《ふういん》の獣《けもの》・ケルベロスとの出会いで、
魔法《まほう》のカードを集めることに。

これまでのお話

ある日、木之本桜は、父の書庫で不思議な本を見つけ、その中に入っていたクロウカードを世界に解《と》きはなってしまった。カードを回収《かいしゅう》するべく、封印《ふういん》の獣《けもの》・ケルベロスに封印の鍵《かぎ》を与《あた》えられ、さくらはカードキャプターとして奮闘《ふんとう》することに。どうにか全てのカードを集め、正式な主《あるじ》となったさくらは、クロウ・リードの生まれ変わりである柊沢《ひいらぎざわ》エリオルの試練を乗りこえ、自分の魔法の力でさくらカードへと変えた。
それから月日は流れ、中学１年生となったさくらを待ちうけていたのは、新たな出会いと事件《じけん》だった。

人《じん》物《ぶつ》紹《しょう》介《かい》

ケルベロス

クロウカードを守る
封印《ふういん》の獣《けもの》。
通称《つうしょう》・ケロちゃん。
食い意地がはっている。

月
(ユエ)

ケルベロスと対《つい》で生まれた
クロウカードの守護者《しゅごしゃ》。

月城 雪兎
(つきしろ ゆきと)

優《やさ》しくてすてきな、お兄ちゃんの親友。
月《ユエ》の仮《かり》の姿《すがた》。

木之本 桃矢
(きのもと とうや)

さくらのお兄ちゃん。
いつもバイトしている。
さくらにだけ、ちょっといじわる

李 小狼
(リ シャオラン)

魔術師《まじゅつし》クロウ・リードの遠い親戚《しんせき》で、
クロウカードを集めたさくらの元
ライバル。今は、さくらのいちばん
好きな人。香港《ホンコン》に帰国した。

柊沢 エリオル
(ひいらぎざわ エリオル)

イギリスから転校してきたさくらの
同級生。クロウカードが全てさくら
カードに変わったのを見届《みとど》けると、
再《ふたた》びイギリスに帰っていった。

大道寺 知世
(だいどうじ ともよ)

さくらのいちばんのお友だち。
自分の手作りの衣装《コスチューム》を着て、
カードを集めるさくらを撮影《さつえい》
することが趣味《しゅみ》。

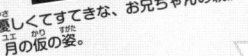

★第一話

さくらと透明《とうめい》なカード

全てのカードがそろったとき。
それは終わりではなく、始まり。
終わりへの、始まり——。

春。
木之本桜《きのもとさくら》は、自分の部屋で鏡をのぞきこんでいた。
ブラシで髪《かみ》をとかして、ネクタイを整える。
今年から、私立友枝中学校《しりつともえだちゅうがっこう》の一年生になったのだ。
新しい制服《せいふく》は、金色のボタンがついた紺《こん》のブレザーと、赤いラインの入った白いスカート。胸《むな》もとには、スカートと同じ配色のネクタイを締《し》める。

姿見《すがたみ》の前でくるりと回って、背中《せなか》までチェックしていたら、時計を見ていたケルベロスが、すいーっと飛んできた。

ケルベロスは、羽の生えた、黄色いくまのぬいぐるみのような姿をしている。本当は、いかめしい名前にふさわしい、立派《りっぱ》な姿をしているんだけど、いつもはこの小さな仮《かり》の姿でいるのだ。

「そろそろ時間やで、さくらー」

はーい、と返事をして、ケルベロスに向きなおる。ケルベロスは、さくらの周りを一周すると、

「何回見ても寝癖《ねぐせ》もついとらんし、びしっとしとる！　ええ感じや!!」

と、親指を立てた。

「ありがと、ケロちゃん」

したくを終え、リビングダイニングに降《お》りていくと、入り口でお父さんの藤隆《ふじたか》が出迎《でむか》えてくれた。朝食を片《かた》づけるところだったようで、手にはお皿がある。

藤隆は、大学で考古学の先生をしている。いつも優《やさ》しくて、お料理もお裁縫《さいほう》も得意な、さくらの自慢《じまん》のお父さんだ。

藤隆は、にっこりとほほえんだ。

「今、声かけようと思ってたんですよ、そろそろ時間……」

言いかけて、まじまじとさくらを見る。

「へ……変かな？」

さくらが少しあせって聞くと、藤隆は「いいえ」と優しく笑った。

「小学校の制服《せいふく》を着てたのは、ほんの少し前なのになぁ、って……。中学の制服も、似《に》合《あ》っててとてもかわいいですよ。ね、桃矢《とうや》くん」

ふたりに背中《せなか》を向けて、洗《あら》い物《もの》をしている桃矢に、藤隆が話をふる。

桃矢はさくらのお兄ちゃんで、この春から大学二年生になった。

桃矢は、にやっとした顔で、ふりむいた。

「怪獣《かいじゅう》にも衣装《いしょう》」

「なんですってー！」

お兄ちゃんってば、大学生になっても、あいかわらずいじわるなんだからっ！

さくらはこぶしをぎゅっとにぎりしめた。

「衣装《いしょう》じゃないもん！　制服《せいふく》だもん！」

洗《あら》いのこしがないか、お皿をチェックしながら、桃矢があきれて言う。

「怪獣《かいじゅう》は否定《ひてい》しねぇのかよ」

「お兄ちゃん、大学生になっても子どもみたい！」

「おまえも中学生になってもガキだな」

ぷんぷんおこるさくらと、にやにやからかう桃矢を、にこにこと見守っていた藤隆が、時計を見て、さくらをうながした。

「さくらさん、そろそろ出かけないと」

「わぁ！」

さくらは、あわててカバンを持つと、棚《たな》の上に置かれた写真立てに「いってきます」と声をかけた。写真の中では、お母さんの撫子《なでしこ》が、幸せそうに笑っている。

撫子は、さくらが三歳《さい》のときに亡《な》くなってしまった。だから、木之本家は、藤隆と桃矢、それにさくらの三人家族だ。

でも、全然さびしくないよ。お父さんがいるし、いじわるだけど、お兄ちゃんもいるし。

「気をつけて」

藤隆に玄関先《げんかんさき》で見送られて、さくらは、家を飛びだした。

☆ ☆ ☆ ☆ ☆ ☆ ☆

中学校は、小学校の少し先にあるから、学校へ行くまでの道は変わらない。

変わったことといえば、インラインスケートで行くのをやめて、徒歩通学にしたことくらいだ。

桃矢と、桃矢の親友の月城雪兎《つきしろゆきと》が、となりの敷地にある高校に通っていたころは、自転車通学するふたりに、インラインスケートでついていって、いっしょに登校するのが楽しみだった。

でも、もうふたりとも大学生になったから、雪兎に会うのは、木之本家に遊びに来てく

れたときくらいだ。

遊歩道へ入ったさくらは、思わず足を止めた。桜《さくら》の花が、満開になっている。

「うわぁ、きれい……入学式のときは、まだつぼみだったのに」

ひらひら舞《ま》う花びらを見上げ、さくらはうっとりとつぶやいた。

「みんなとお花見したいなぁ。知世《ともよ》ちゃんと相談して……」

小狼《シャオラン》くんとも、見たかったな……。

かつてのライバル、そして今ではいちばん好きな人の顔を思いうかべる。

全ての始まりは、さくらが小学四年生のとき、家の地下の書庫で見つけた古い本だった。その本には、魔力《まりょく》を秘《ひ》めたクロウカードが封印《ふういん》されていたのだけど、魔力を持つさくらが接触《せっしょく》したことにより封印が解《と》けてしまって……カードは、町中に飛びちってしまった。ばらばらになったクロウカードを回収《かいしゅう》するため、さくらはカードの守護者《しゅごしゃ》である封印の獣《けもの》・ケルベロスから、封印の鍵《かぎ》を与《あた》えられ、カードキャプターとなった。

クロウカードとは、不世出《ふせいしゅつ》の魔術師《まじゅつし》クロウ・リードが作った特別なカードのこと。一枚《いちまい》一枚《いちまい》が生きていて、すごい魔力が宿っているうえに、それぞれが好き勝手に行動するから、放っておくと悪さをしかねない。

クロウ・リードの遠い親戚《しんせき》である李《リ》小狼は、そのカードを手に入れるため、香港《ホンコン》からやってきたのだ。さくらのクラスに、季節はずれの転校生として。

初めはライバルだった小狼だけど、さくらがあぶないときに助けてくれたり、カードを捕獲《ほかく》するためのヒントをくれたりして、何度となくさくらを助けてくれた。さくらが全てのカードを集めることができたのは、小狼がいてくれたおかげだ。

そのあとクロウカードのもうひとりの守護者《しゅごしゃ》であり、審判者《しんぱんしゃ》である月《ユエ》の最後の審判もなんとかクリアして、さくらは晴れてクロウカードの正式な主《あるじ》として認《みと》められた。

これで一件落着《いっけんらくちゃく》……かと思いきや、五年生の二学期になってから、再《ふたた》び、周りで不思議なことが起きるようになった。雨が降《ふ》りつづいたり、さくらが手作りしたくまのぬいぐるみが大きくなって暴《あば》れまわったり……。

ひとつひとつの事件《じけん》を解決《かいけつ》するたびに、カードは変化していった。クロウの魔力《まりょく》で作られたクロウカードから、さくらの魔力で作られた、さくらカードへと。

そして、全てのカードが、さくらカードとなったとき、さくらは小狼から、好きだと告白された。

でも、さくらは、自分の中にある小狼への気持ちが、小狼が言ってくれているものと同じなのかどうかがわからなくて……返事をできずにいるうちに、小狼が香港に帰ることが決まってしまった。

小狼の帰国間際《まぎわ》、さくらは自分の本当の気持ちに気づいて、小狼に告げた。

私《わたし》の一番は小狼くんだよ、って――。

それからずっと、ふたりは離《はな》れ離《ばな》れだけど……、小狼のことを考えるたび、さくらはいつも、うれしい気持ちになるのだった。

「小狼くんも香港でがんばってる。……私も、がんばる！」

さくらは気持ちを切りかえると、学校へとかけていった。

☆☆☆

さくらの新しいクラスは、一年二組だった。席は、窓際《まどぎわ》のいちばん後ろ。

担任《たんにん》の守田《もりた》先生が、教壇《きょうだん》に立ち、みんなをぐるりと見回す。眼鏡《めがね》をかけた女の先生だ。

「さて、今日から授業《じゅぎょう》が始まります。中学生になってわからないことや、なにか困《こま》ったことがあったら、担任《たんにん》の私《わたし》か、副担任の森《もり》先生に相談してね」

「はい！」

と、みんなが声をそろえる。

クラス発表のときはすごーくドキドキしたけど、優《やさ》しそうな先生でほっとした。

しかも、いちばんのお友だちの大道寺《だいどうじ》知世と同じクラスで、席もとなり同士だ。

「知世ちゃんととなりの席で、うれしい」

となりに座《すわ》る知世に笑顔《えがお》を向けると、知世は「私もですわ」と、おっとりとした笑みを返してくれた。

知世はいつもこんなふうに優しくて、しかも、頭がよくてしっかり者。おまけに、大きな会社の社長さんのお嬢《じょう》さんだったりする。ロングの黒髪《くろかみ》と、紫《むらさき》がかった大きな瞳《ひとみ》が印象的な、美人さんだ。

そのとき、教壇《きょうだん》近くの席に座った三原千春《みはらちはる》が後ろをふりむいて、こちらに手をふった。

太い三つ編《みあ》みを、頭の高い位置でツインテールにした女の子で、小学校からのお友だちだ。

さくらと知世も、小さく手をふりかえす。

「千春ちゃんとも同じクラスですし」

「奈緒子《なおこ》ちゃんと山崎《やまざき》くんもとなりのクラスだけど、同じ学校だしね。利佳《りか》ちゃんは別の学校になったけど」

小学校高学年のときに同じクラスだった柳沢《やなぎさわ》奈緒子と、千春とおさななじみの山崎貴史《たかし》は、三組だった。

別の中学校に行くことになったのは、さくらのお友だちの中では、佐々木《ささき》利佳だけだ。

「でも、メールも電話もできるし」

「またみんなで遊びに行きましょうね」

「うん！」

知世にほほえみかけられ、さくらは元気よくうなずいた。

その日の、体育の時間。

さくらたちはジャージに着がえて、校庭に集まった。今日はマット運動だ。

「次！」

先生の号令に合わせ、生徒たちが順番に、前転や側転に挑戦《ちょうせん》する。

やがて、さくらの番が来た。

運動神経《うんどうしんけい》ばつぐんのさくらは、くるりとみごとな側転を決めた。続けざまに側転倒立《とうりつ》をして、しゅたっと着地する。

その華麗《かれい》な動きに、みんなから歓声《かんせい》があがった。

「さくらちゃん、すごい！」

「あ、ありがと……」

千春にそう声をかけられ、さくらは照れてしまった。

体育のあとは、英語の授業《じゅぎょう》。外国人の先生が、いきなり英語で自己紹介《じこしょうかい》をしだして、ついていくのが大変だった。

しかも、そのあとの数学の授業は、もっと難《むずか》しい！

小学校のころから算数が苦手だったさくらは、途中《とちゅう》で頭がこんがらがって、すぐにわけがわからなくなってしまった。

ど、どうしよう〜……。

授業《じゅぎょう》初日は、あわただしく終わった。

夕暮《ゆうぐ》れの通学路を、さくらは知世といっしょに並《なら》んで帰った。

「初授業はいかがでしたか？」

知世に聞かれ、さくらはうーん、とうなった。

「難《むずか》しい！」

特に、数学と英語！

さくらは「でも！」と、こぶしをにぎりしめた。

「中学では数学となかよくなるようがんばるんだ！　英語も！」

気合に燃《も》えるさくらを、知世が励《はげ》ましてくれた。

「応援《おうえん》してますわ」

知世と手をふって別れると、さくらは遊歩道に入った。

朝も通った満開の桜並木《さくらなみき》の下を、ひとりで歩いていく。

そのとき、風がふきぬけた。

アスファルト一面に、絨毯《じゅうたん》のように積もった桜の花びらが、いっせいに舞《ま》いあがる。

思わず顔をかばったさくらが、そろそろと腕《うで》を下ろすと、花びらの向こうに、人影《ひとかげ》が見えた。

さくらは、信じられない思いで、目を見開いた。

並木道の先に立っていたのは——小狼だったのだ。

夢《ゆめ》でないことを願いながら、ゆっくりと近づいていく。香港に帰ったときより、背《せ》がのびて、顔つきも少し大人びていた。私服姿《しふくすがた》で、片手《かたて》に、羽の生えた、桜色のくまのぬいぐるみをかかえている。

「……小狼くん……？」

さくらは声をふるわせた。

小狼は目を細め、優《やさ》しくさくらを見つめる。

「香港での手続きや、用がやっと終わった。これからはこの友枝町にずっといられる」

「ほんとに……？」

「ああ……」

「もう手紙とか電話だけでがまんしなくていいの？」

「……ああ」

さくらはカバンを投げだし、かけだしていた。

小狼に思いきりだきつく。

「これからは、ずっといっしょだよ！」

「ああ」

受けとめた小狼がうなずく。

「いっぱい話したいことがあるの。会ったら言おうと思ったこといっぱい……！」

堰《せき》を切ったように、言葉があふれてくる。

会えない間は、ずっとさびしかった。

だから今、こうして会えたことが、うれしくてたまらない。

「俺《おれ》もだ」

優《やさ》しい目で、小狼が言う。

しばらくそうしてだきあってから、ハッと気づいてふりむくと、きらりと光るレンズと目が合った。

にっこりとほほえんだ知世が、木の陰《かげ》から、さくらと小狼の再会《さいかい》シーンをばっちりビデオカメラで撮影《さつえい》している。

「おかまいなく」

「ほええええ!!」

と、知世ちゃん、いつからいたの〜!?


三人で並木道《なみきみち》を歩いていく。

だきあっているところを見られて、恥《は》ずかしくて真っ赤になっているさくらを尻目《しりめ》に、知世はとってもうれしそうだ。

「今日は、超絶《ちょうぜつ》かわいいさくらちゃんが撮《と》れましたわ〜♡」

と、余韻《よいん》にひたっている。

「変わらないな、大道寺は」

小狼があきれながらも、うれしそうに言う。

さくらは、あ、と気づいて立ちどまり、小狼の方をふりむいた。

「そうだ、学校は?」

小狼がほほえむ。

「明日《あした》から同じ友枝中だ」

「ほんと?」

「ああ」

「同じクラスになれるといいですわね」

知世の言葉に、さくらはうなずいた。

「でも、ちがってもいい……。すぐそばにいられるもん」

もう、海の向こうの遠い国にいるわけじゃないから、いつでも会える。

「……さくら……」

すっかり自分たちだけの世界に入って、見つめあうさくらと小狼を、知世がしっかりビデオカメラに収《おさ》める。

それに気づいたさくらたちは、真っ赤になった。

「は、早く、早く帰らないと！」

取りつくろって言いながら、ぎくしゃくと知世の手を取る。

ほほほほ、と知世は楽しそうに笑いながら、手を引かれるまま歩きだした。

☆☆☆☆☆☆☆

歩いていくふたりの後《うし》ろ姿《すがた》を、小狼は思いつめたような表情《ひょうじょう》で、じっと見つめていた。

それから、手に持ったくまのぬいぐるみに目を落とす。背中《せなか》から羽を生やした、桜色《さくらいろ》のくま。

さくらの手作りだ。

香港に帰る直前、小狼はさくらに、手作りのくまのぬいぐるみをわたした。そして、さくらも小狼にくまのぬいぐるみを作って、贈《おく》ってくれた。

さくらが小狼にあげたくまには「さくら」、小狼がさくらに贈ったくまには「小狼」と名づけ、ふたりはくまを大事に持ちながら、また会える日を待ちつづけていた。

好きな人に、自分の名前をつけた手作りのぬいぐるみをプレゼントすると、ずっと両想《りょうおも》いでいられる——そんな外国の言いつたえを信じて。

☆ ☆ ☆

その夜。

パジャマに着がえたさくらはベッドに座《すわ》り、携帯電話《けいたいでんわ》の通話アプリを使って会話をしていた。ケルベロスは、部屋のテレビに向かい、すっかりゲームに夢中《むちゅう》になっている。

さくらの通話の相手は、柊沢《ひいらぎざわ》エリオル。五年生の二学期に、イギリスからやってきた転校生だ。おっとりした優《やさ》しい雰囲気《ふんいき》の男の子だけど、じつはクロウカードを作ったクロウ・リードの生まれ変わりで、すごい魔力《まりょく》の持ち主。友枝町で次々と不思議な事件《じけん》を起こし、さくらがさくらカードを作りだすように仕向けた張本人《ちょうほんにん》でもある。でも、それは、さくらのことを思って、クロウが仕組んだことだった。

クロウカードが、全て、さくらカードになったとき、エリオルはイギリスへ帰っていった。

今は、こうして連絡《れんらく》を取りあう仲だ。

「そう！　小狼くん！　明日《あした》から友枝中学に通うの」

さくらは、小狼が友枝町に帰ってきたことについて、エリオルに報告《ほうこく》していた。

「それはよかった」

携帯電話《けいたいでんわ》につないだイヤフォンから、エリオルの優《やさ》しい声が聞こえてくる。

「うん！」

「ぜひ、みなさんいっしょの写真、送ってください。いつも楽しみにしてますよ」

「私《わたし》も！　エリオルくんのイギリスのお写真楽しみ！　観月《みづき》先生からのも！」

観月歌帆《かほ》先生は、小学四年生のとき、さくらたちの学校に、長いお休みを取っていた先生の代わりに来た。月峰神社《つきみねじんじゃ》の神主《かんぬし》さんのひとり娘《むすめ》で、すごい魔力《まりょく》の持ち主でもある。

今は、イギリスに留学《りゅうがく》していて、エリオルといっしょに暮《く》らしているみたい。

「だ、そうだよ」

エリオルの声が、一瞬《いっしゅん》、遠くなる。

「私《わたし》も」

次に聞こえてきたのは、優《やさ》しくてすてきな女の人の声だった。

「さくらちゃんの写真やお手紙、いつも楽しみよ」

「わぁ、観月先生!!」

さくらはうれしくなって、思わずさけんだ。

「またすてきなの撮《と》れたら、送ってね」

「はい!」

「今度、おいしいお茶、送るから」

「ありがとうございます!」

電話の相手が、観月先生からエリオルにもどる。

「さっきから、さくらさんと話したそうに、こっちを見ていたので」

「なかよしだね」

「さくらさんも、もっとなかよくなりたい人と、これですぐ会えるようになりますね」

「……うん」

小狼の顔が頭にうかぶ。

「では、今日はいい夢《ゆめ》が見られそうですね」

なにもかも見透《みす》かしたように言われて、さくらは、ぽっと赤くなってしまった。

エリオルくん、知世ちゃんみたいに、私《わたし》が小狼くんにだきつくとこ、見たわけじゃないのに……。

「最近、夢を見ないとおっしゃっていたでしょう？」

「あ……うん。色々、いそがしかったからかなあ……」

照れくささをごまかすように、さくらは言った。

「お元気なら、それが一番ですよ。では、おやすみなさい。ケルベロスにもよろしく」

「おやすみなさい」

エリオルとの通話を終え、イヤフォンをはずすと、ゲームに勝利したらしいケルベロスがぴょこんと飛びあがったところだった。

「うぉっしゃあ!!!　中ボス倒《たお》したで〜!!　どやー！」

興奮《こうふん》しているケルベロスに、さくらは声をかけた。

「エリオルくんが、ケロちゃんによろしくって」

「おー。またうまいもん送れ言うといてー」

「もう切っちゃったよ」さくらは、ベッドを降《お》りて、携帯《けいたい》を机《つくえ》に置いた。

「ほな、ワイからあとでメールするわ。ついでにスッピーにもしといたろ！」

そう言うとケルベロスは、くふふ……と楽しそうにほほえんだ。

「この前行った、スイーツバイキングの画像《がぞう》や！」

スッピーというのは、スピネル・サンのことだ。

ケルベロスがクロウ・リードに作られたように、スピネルはエリオルによって作られた。

スピネルが日本《にっぽん》のスイーツをうらやましがるのを知っていて、画像を見せびらかす作戦らしい。

もう、ケロちゃんたら……。

「どの写真お見舞《みま》いしたろかな。これかなー？　これもええなぁーっ」

うれしそうに画像《がぞう》を選ぶケルベロスを、あきれ半分で見守りつつ、さくらはふと、棚《たな》の上のテディベアに目をやった。

羽の生えた、桜色《さくらいろ》のくま。さくらから小狼に贈《おく》ったこのくまは、今日、久《ひさ》しぶりに、さくらの家に帰ってきたのだった。


桜の下で再会《さいかい》したあと、小狼はさくらを、家まで送ってくれた。

「あ、あの、送ってくれて、ありがと。遠回りになっちゃうのに……」

家の前まで来たところで、さくらがお礼を言うと、小狼は優《やさ》しく目を細めた。

「もう少し、いっしょにいたかったから」

……小狼くん。

同じこと、思ってたんだ……。

そう思ったら、胸《むね》の奥《おく》にぽっと明かりがともったように、うれしくなった。

「そうだ……これ……」

そう言って小狼が差しだしたのは、ずっと手に持っていた、桜色《さくらいろ》のくま。

「ずっと俺《おれ》のそばにいてくれたんだ。このさくらも、作ってくれた人と離《はな》れて、さびしかったろうから、少しの間、いっしょにいてやってくれないか」

「うん。あ、でも、それならくまの小狼くんも、作ってくれた人に会いたいよね」

「そうだな。だったら、少しの間、交換《こうかん》しよう」

そう提案《ていあん》され、さくらは桜色のくまの「さくら」を受けとった。そして、部屋にかざっていたグレーのくまの「小狼」を持ってきて、小狼にわたしたのだった。

ずっと小狼といっしょにいたくまが、今、自分の部屋にいるのだと思うと、なんだかうれしい。

くまをながめていると、コン、とぶっきらぼうなノックの音がした。このノックのしかたは、桃矢だ。

「はーい」

さくらが返事をする。

ケルベロスがあわてて、床《ゆか》の上にすとんと落ちた。じっと動きを止めて、ぬいぐるみのふりをする。

ドアを開けると、案の定、桃矢が立っていた。今帰ってきたところらしく、リュックを持ったままだ。

「おかえりなさい」

「おう」

と、返事をして、桃矢は小さな紙袋《かみぶくろ》をさくらの頭の上にぽすっと置いた。

「ほえ？」

「ゆきから。バイト先の雑貨屋《ざっかや》で見つけたから、だと」

いったい、なんだろう。

袋を開けてみると、中に入っていたのは、とってもかわいいブローチだった。天使の羽がモチーフになっていて、羽の付け根の部分に、小さな星の形をしたビーズがころんとついている。

「わあ！　雪兎さんにお礼メールする！」

「おう。早く寝《ね》ろよ」

「はーい！」

ぱたんとドアが閉《し》まるのを待ってから、ふぃー、とケルベロスが息を吐《は》いた。

「なんや、今日、ゆきうさぎはいっしょやなかったんか」

「そうみたい。泊《と》まってくれたら、お礼、直接《ちょくせつ》言えたのに」

さくらは宝物《たからもの》を入れる箱を出してきて、ブローチを大切にしまった。ついでに、つけていたペンダントもはずして、いっしょにしまう。

ペンダントについた小さな星は、さくらカードの魔法《まほう》を使うための鍵《かぎ》でもあった。呪文《じゅもん》をとなえると、この鍵が杖《つえ》へと変化して、魔法が使えるようになるのだ。

「もうずいぶん、使ってないな。でも、……そのほうがいいよね」

さくらはほほえむと、そっと箱を閉《と》じた。


シャーン……。

リィン……シャリン……。

漆黒《しっこく》の闇《やみ》の中。

どこかでガラスがぶつかりあうような音が反響《はんきょう》している。

気づくと、さくらは、無数のカードに囲まれ、宙《ちゅう》にうかんでいた。

……カード？

さくらカードかと思ったが、ういているカードたちはガラスのように透《す》けていて、絵柄《えがら》もなにもない。

透明《とうめい》……。

なにかの気配を感じて顔を上げると、前方にだれかが立っていた。

白いローブを着ている。目深《まぶか》に水色のフードをかぶっているので、顔はわからない。

——だれ……。

さくらは、手をのばした。

——あなたは……。

パァン！

とつぜん、カードが全て、くだけちってしまった。

とっさにぎゅっと目をつぶり、両腕《りょううで》で顔をかばう。

それから腕を下ろし、おそるおそる目を開けると、くだけちったカードたちの破片《はへん》が、まるで星くずのようにキラキラとかがやいて、フードのだれかを守るように取りまいていた。破片同士がこすれあい、シャラシャラと透《す》きとおった音が鳴る。

フードのだれかは、ただだまって、立ちつくしていた。

☆☆☆

ハッと目が覚めるとベッドの上だった。

今の夢《ゆめ》、なんだったの……？

ただの夢とは思えないほど、リアルだった。それに、あの、くだけちった透明《とうめい》なカードたち……。

なんだかわからないけれど、すごく胸騒《むなさわ》ぎがする。

さくらはベッドから飛びおきると、机《つくえ》に向かった。机の引き出しを開け、さくらカードがしまってある本を取りだす。

「どないしたんや、さくら……」

物音で起きたケルベロスが、ねぼけた声でたずねてくる。

でも、さくらはおどろきのあまり、答えることができなかった。

しまってあったさくらカードたちから、絵柄《えがら》が消えて……全て、透明《クリア》になってしまっていたのだ。

☆☆☆☆☆☆☆

翌朝《よくあさ》、さくらは早起きして、学校が始まる前に雪兎の家を訪《たず》ねた。

ユエに相談するためだ。

ユエは、ケルベロスとともにクロウ・リードが作った、クロウカードの守護者《しゅごしゃ》であり、審判者《しんぱんしゃ》。ふだんは、仮《かり》の姿《すがた》である月城雪兎として生活している。

雪兎の家は、さくらの通学路を少しはずれたところにある。竹垣《たけがき》と生け垣で、周りがぐるりと囲まれた日本家屋だ。

雪兎は、きれいに手入れされた庭で、草木に水をやっていた。うかない顔で現《あらわ》れたさくらに気づくと、優《やさ》しい笑顔《えがお》で声をかけてくれる。

「さくらちゃん、おはよ。どうしたの、こんな早くに」

「………」

ユエに会いに来たものの、雪兎を心配させたくなくて、さくらは困《こま》ってしまった。

なんて言えばいいんだろう……。

言いよどんでいると、ケルベロスがサブバッグの中から勢《いきお》いよく飛びだし、

「緊急事態《きんきゅうじたい》やー！」

と、さけんだ。

事情《じじょう》を察した雪兎が、ふっと真顔になる。

「どうぞ」

雪兎にうながされ、さくらたちは家の中へと入った。

「代わるね」

雪兎が言うやいなや、その体がぱあっと光を放つ。光が消えたとき、そこにはユエが立っていた。紫《むらさき》がかった銀色の目と長い髪《かみ》を持つ、クロウカードの審判者《しんぱんしゃ》、本来の姿《すがた》だ。

「なにがあった」

短く聞かれ、さくらは困《こま》ったように、ユエの顔を見つめかえした。

☆　☆　☆

居間《いま》に通されたさくらは、テーブルの上にカードを広げ、ユエに見せた。

「なんだ……これは」

ユエはけげんそうに眉《まゆ》を寄《よ》せ、透明《とうめい》になってしまったカードの一枚《まい》を手に取った。

「昨日、夢《ゆめ》を見たんです。透明なカードがういてて……それがくだける夢……。心配になって本を開けたら……」

「カードが全部透明になっとった……」

ケルベロスが言葉を継《つ》ぐ。

ユエはカードに片手《かたて》をかざすと、眉間《みけん》のしわをいっそう深くした。

「なんの魔力《まりょく》も感じない……」

「私《わたし》もです」

「鍵《かぎ》は？」

さくらは首からペンダントをはずすと、呪文《じゅもん》をとなえてみせた。

「封印解除《レリーズ》！」

すると、呪文に呼応《こおう》するように鍵がぐぐっと長くのびて、杖《つえ》の形になった。

「さくらに魔力《まりょく》がなくなったわけやないっちゅうこっちゃな」

ケルベロスが言った。

さくらの魔力はそのままなのに、カードに宿っていた魔力が消えて、透明《とうめい》になっちゃうなんて……。

いったい、なにが起きてるんだろう。もうカードさんたちに会えなかったら、どうしよう。

不安なことだらけだ。さくらは心細くなって、ぎゅっと杖をにぎりしめた。

「夢《ゆめ》は、カードがくだけただけなのか？」

ユエが聞く。

「だれか立ってました」

さくらは昨晩《さくばん》の夢《ゆめ》を思いだしながら答えた。

「どんな？」

「フードみたいなので、顔も体も全部かくれてて……」

さくらの説明に、ユエとケルベロスが、顔を見合わせる。

「なにか感じるか？」

ユエが聞くと、ケルベロスは「なんも」と首をふって、腕組《うでぐ》みした。

「ゆきうさぎは、自分の学校もあるやろ。当分ワイがさくらといっしょにおる」

「しかし……」

ユエが眉《まゆ》を寄《よ》せる。

「まだ、なぜこうなったのかもわかりません。だから、雪兎さんにはできるだけ、いつもと同じように過《す》ごしてほしいんです」

訴《うった》えるようにさくらに言われても、ユエは心配そうだった。

紫《むらさき》がかった銀色の瞳《ひとみ》を、不服そうに細めて言う。「雪兎にはこの姿《すがた》のときの記憶《きおく》はない。けど、察しはいい。知らせなかったからこそ、もっと心配させるかもしれない」

「そうなったら、私《わたし》から話します。それまでは……」

ユエが、さくらを思ってくれているのはわかる。

でもさくらは、雪兎の負担《ふたん》になりたくなかったし、余計《よけい》な心配をかけたくなかった。

「それに、小狼くんも帰ってきてくれたから……相談してみます」

本をだきしめ、はにかんださくらに、ユエはそっと手をのばした。すくいあげるように、さくらの頬《ほお》にふれ、ささやく。

「……必ず、知らせろ。小さなことでも」

ケルベロスも、元気づけるように、さくらの顔をじっと見つめる。

ひとりじゃない。そう思ったら、ちょっとだけ、不安だった気持ちがやわらいだ。

「はい！」

さくらはほほえんで、うなずいた。

✡ ✡ ✡

それから、さくらは登校してすぐに、知世と小狼に声をかけた。

ひとけのない、裏庭《うらにわ》のバラアーチの下で、不思議な夢《ゆめ》を見たことや、鍵《かぎ》のこと、さくらカードが透明《とうめい》になってしまったことを説明する。ナイショで連れてきたケルベロスもいっしょだ。

「ユエも原因《げんいん》はわからんかった。小僧《こぞう》、どない思う？」

ケルベロスに聞かれ、小狼が険《けわ》しい表情《ひょうじょう》になる。

「……わからない……。けれど、その夢にいただれかが、無関係とは思えない……」

「……お顔が見えなかったのでしょう？」

知世が心配そうに言う。

「うん……」

夢の中のだれかは、フードを目深《まぶか》にかぶっていたし、体も長いローブで覆《おお》いかくされていて、男か女かすらわからなかったのだ。

「とりあえずイギリスにはメール済《ず》みや」

ケルベロスが暗い声で言う。

メールを送ったのは昨晩《さくばん》だったが、今朝になってもエリオルからの返事は届《とど》いていなかった。

小狼は、おしだまっている。どこか、言いたいことがあるのに言えないような、悩《なや》んでいるような表情《ひょうじょう》だ。

重苦しい空気のなか、知世が口を開く。

「では、もしなにかあれば……………」

ひと呼吸《こきゅう》置くと、目をキラッキラにかがやかせて、さけんだ。

「カードキャプターさくら！　再《ふた》び、大活躍《だいかつやく》ですわね――!!」

「知世ちゃん……」

さくらはあっけにとられてしまった。

「最近はめっきりふつうのお洋服しか着ていただけなくて、少ししょんぼりしておりましたの」

あ、あれ、ふつう？

さくらが、これまで着た洋服を思いうかべてとまどっている間に、知世はすっかり自分の世界にひたってしまい、明後日《あさって》の方向を見つめながらぱちんと手を打ちならした。

「でもこんなこともあろうかと、いつか必ずと用意しておりましたコスチュームストックが、ついに火をふきますわー!!」

「ほええええええ」

と、知世ちゃん、楽しそう……。

「ワイのもあるんやろな!」

すかさず聞いたケルベロスに、知世が「もちろんですわ!」と、うなずく。

ふたりがすっかり盛《も》りあがったところで、予鈴《よれい》が鳴りひびいた。

キーンコーンカーンコーン……。

「あら、そろそろ教室へ行かないと……」

知世の言葉に、ケルベロスがあわててサブバッグの中にもどる。

「そ、そうだね」

さくらはくるりと小狼の方をふりかえった。

「小狼くん……心配させてごめんね」

「気にするな」

優《やさ》しく目を細められ、さくらの頬《ほお》がぽっと赤くなる。

「お、お昼に！」

さくらは言いおくと、恥《は》ずかしさをごまかすように、先にひとり走って教室へと向かった。

☆　☆　☆

「……服のこと言いだしたの、わざとだろう」

さくらの背中《せなか》を見送ってから、小狼は知世に声をかけた。

「さくらが、これ以上不安にならないように」

知世はふりむいて、ほほえんだ。その目には、温かな光が宿っている。

「信じているからですわ。さくらちゃんには、ケロちゃんやユエさん、お父様やお兄様、イギリスにいらっしゃるみなさん」

それに、と知世は目を閉《と》じた。

「李くんがいらっしゃいますもの」

小狼が、ハッとしたような表情《ひょうじょう》になって、知世を見る。そして、ふわりとほほえんだ。

さくらと知世が一年二組の教室に入ると、千春が元気いっぱいに「おはよー！」と、席のところまで来てくれた。

「ねね、李くん、今日からだよねー！」

千春に言われ、さくらは「うん！」と元気よくうなずいた。

「お昼みんなで食べない？　私《わたし》、お菓子《かし》作ってきたんだ」

「千春ちゃんのお菓子、だーいすき！」

「山崎くんは、おいしいお菓子がいつも食べられて、いいですわね」

知世が言うと、千春は照れたように両手をふった。

「い、いつもじゃないけど……でも、李くん、ちょっと心配よ」

「？」

きょとんと首をかしげたさくらに、千春が真剣《しんけん》な面持《おもも》ちでずいっとつめよった。

「三組。山崎くんと奈緒子ちゃんだもん……」

小狼が一年三組に入って、自分の机《つくえ》にカバンを下ろすと、奈緒子がにこにこと目の前に立った。

「もう慣《な》れた？　学校」

奈緒子の印象は、小学校のときと変わらない。眼鏡《めがね》をかけた、おかっぱ頭の女の子だ。

小狼は、奈緒子の質問《しつもん》に首をふった。

「いや、今日からだから」

「『なれ』といえば！」

いきなり会話に飛びこんできたのは、山崎だ。

「架空《かくう》の動物、『なれ』から来てるんだよ」

「え？」

小狼はきょとんとして、山崎の顔を見つめた。

「あー、バクみたいな？」

奈緒子が、まったく動じずに相槌《あいづち》を打つ。

「え？」

小狼は、今度は奈緒子の顔を、ぽかんと見つめた。

「そうそう。で、『なれ』は、すごくフレンドリーでね。だれにも、『壁《かべ》ないよねー。友だちだよねー』的に接《せっ》するそうでね。そこから『なれなれしい』とか、『なれる』とかって言葉ができたんだよ」

すらすらと、立て板に水のごとく話しつづける山崎のほら話に、小狼はすっかり引きこまれた。

「読んだことあるかもー」

奈緒子は、興味深《きょうみぶか》い、というように、うんうんとうなずく。

千春が心配していたとおり、山崎は、ほら話ばかりするし、奈緒子は止めるどころか、それを楽しんでいるところがある。そしてだれにでもわかりそうなほら話を、小狼は、丸ごと信じてしまうのだった。

「知らなかった。教えてくれてありがとう！」

と、小狼は大まじめにお礼を言った。

山崎が、小狼の肩《かた》をぽんとたたいた。

「そのままの李くんでいてね」

「だね」

と、奈緒子も満足げにうなずく。

ひとりだけわけがわかっていない小狼は、不思議そうに首をかしげていた。

☆　☆　☆

その夜。

寝《ね》る前に携帯電話《けいたいでんわ》をチェックしたさくらは、エリオルからの返信が届《とど》いていないことがわかって、しょんぼりと肩《かた》を落とした。

「返事来たか？」

と、ケルベロスが心配そうに飛んでくる。

「まだ……」

「時差もあるやろ。もうちょっと待ってみよ」

そう言うと、ケルベロスは、励《はげ》ますようにぽんぽんとさくらの頭をなでた。

「うん。ありがと、ケロちゃん」

ケルベロスに励まされ、少し元気になる。ケルベロスは「おう！」と胸《むね》を張《は》った。

「お礼に明日《あした》のおやつ、増《ふ》やしてくれてもええんやでー！」

さくらはふふっと笑って、うなずいた。

「いいよ。いっしょに作ろう」

「やったー！」

おやつが大好きなケルベロスは、ご機嫌《きげん》になって、くるりと一回転した。

「さ、そうと決まったらはよ寝《ね》よやー」ケルベロスが、ぱちんと部屋の電気を消す。

さくらがベッドの中にもぐりこむと、飛んできたケルベロスが、さくらのとなりにすぽっと入った。布団《ふとん》から、ちょこんと顔をのぞかせる。

「ええ夢《ゆめ》見ぃや。さくら」

「……ケロちゃんもね」

カーテンの隙間《すきま》から入ってくる月明かりが、真っ暗になった部屋の中をかすかに照らした。

さくらは薄暗闇《うすくらやみ》の中、小狼からあずかったくまのぬいぐるみに目をやった。

これまでずっと、小狼といっしょにいたくまだ。そう思ったら、なんだか、小狼が近くにいてくれているような気がしてくる。

さくうはほっとして目を閉《と》じた。

——おやすみなさい、小狼くん。


夢《ゆめ》の中で、さくらは、漆黒《しっこく》の闇の中にいた。

目の前には、あのフードをかぶっただれか。くだけちったカードの破片《はへん》が、キラキラと光を反射《はんしゃ》して瞬《また》きながら、ふたりの周りにういている。

まるで、昨日の夢の続きみたいだ。

——だれなの、あなたは？

フードのだれかが、さくらに向かって、手をかざすような動きを見せた。

その動きに呼応《こおう》するように、するどくとがったカードの破片《はへん》がいっせいに向きを変え、さくらの方に飛んできた。まるで、敵意《てきい》を持っているかのように、おそいかかってくる。

「!!」

さくらは破片から、とっさに顔をかばった。

と、足もとに光の円が出現《しゅつげん》して、破片がぴたりと空中で止まる。そして、そのままカラカラと音を立てながら、さくらの頭上に集まってきた。集まった破片はひとつの結晶《けっしょう》のようになり、ぱあっと強い光を放ちはじめる。

さくらは、おそるおそる手をのばした。

すると、光がゆっくりと、さくらの手の中へ降《お》りてきた。光の中心に、見たことのない小さな鍵《かぎ》が現《あらわ》れる。

星をモチーフにして、両端《りょうたん》に一対《つい》の羽がついた、小さな鍵。

さくらカードの鍵と、少し似《に》ていたけれど、真ん中の星の形がちがっていた。

以前の鍵についていた星には五つの角があったけど、今度の鍵についているのは、八つの角がある星だ。透明《とうめい》で、星の輝《かがや》きをそのまま形にしたみたいだった。

この鍵《かぎ》は、いったい……？

フードのだれかは、あごをくっと引くと、両手を広げた。

これまで気づかなかったけれど、この空間にいるのは、フードのだれかとさくらだけではなかった。

フードのだれかは、大きな生き物——漆黒《しっこく》で、巨大《きょだい》な角を持つなにか——といっしょにいた。

角を持つ生き物が、大きく口を開き、ほえる。

衝撃波《しょうげきは》が放たれ、さくらをおそった。

「きゃああ」

さくらの周囲の闇《やみ》が、動きだして、真っ黒なつばさとなった。そのつばさが開いた先は、友枝町の上空だ。

さくらはおどろいて、町を見下ろした。

とても夢《ゆめ》とは思えないような、リアルな光景だった。

さくらのそばを、かたい鱗《うろこ》に覆《おお》われたなにかが、体をくねらせて通りすぎる。目で追っていくと、悠然《ゆうぜん》と漆黒《しっこく》のつばさを広げた黒い龍《りゅう》のような生き物の姿《すがた》があった。友枝町の上空を丸ごと覆ってしまうほどに大きい。その光る角の先に、あのフードのだれかが立っていた。

フードのだれかが右腕《みぎうで》をつきだすと、鍵《かぎ》が光りだし、にぎりしめたさくらの両手は、無理やりこじ開けられた。

さくらは鍵が出ていかないよう、一生懸命《いっしょうけんめい》おさえこんだ。

いったい、なにが起きてるの……!?

さくらは、フードのだれかを見上げた——。

「さくら!!」ケルベロスの声で、ハッと目が覚めると、さくらはベッドの上にいた。

「うなされとったで!　大丈夫《だいじょうぶ》か」

「ゆ、め……?」

ふと、手の中でなにかが光っているのに気づく。手のひらを開いてみると、夢《ゆめ》に出てきた、あの鍵《かぎ》があった。

どうして、ここにあるの……？

☆　☆　☆

翌朝《よくあさ》、家を出たさくらの足取りは、重たかった。

星のついた、小さな鍵。漆黒《しっこく》のつばさを広げた黒い大きな生き物。そして、あのフードの人物――。

いったい、さくらの周りでなにが起きているのか……わからないことだらけだ。

エリオルからの返信も、まだ届《とど》かない。

不安な気持ちでいっぱいのまま、さくらは通学路の桜並木《さくらなみき》を歩いていた。

「エリオルの返事、まだ来んか」

サブバッグから顔を出して、ケルベロスが言う。

「うん……」

と、さくらは力なくうなずいた。

うーん、とケルベロスが困《こま》ったように腕組《うでぐ》みをする。

「ケロちゃん、昨日の夜、いやな感じとかしなかったんだよね？」

「おう、さくらのうなされてる声で起きる前までは、なーんも……」

ヒュッ。

さくらの真横を、とつぜん、風がかけぬけた。

桜《さくら》の花びらが、いっせいに舞《ま》いあがる。

「え？」

目の前の桜の木が、ゆっくりとこちらに向かって倒《たお》れてくる。

まるで、風が刃《やいば》となって、木を切りたおしたみたいだ。

「あぶない!!」

ケルベロスがさけぶ。

さくらはとっさにサブバッグごとケルベロスを放りだし、自分は地面を転がって、木をよけた。

気づけば、周囲には、ものすごい風がふきあれていた。ぐるぐるとうねりながら、葉や花びらを巻《ま》きあげる。とても、自然発生したものとは思えない。

「なに!?」

「わからん！　なんの気配も感じん！　けどこれ、ただの風やない！」

風が、上空からさくらへとおそいかかる。

後ろに飛んでなんとかよけるが、なおも追ってきた。

ふきとばされたケルベロスが、空中でさけぶが、ハッと気づいて頭をかかえた。

「さくら〜！　カード!!」

「……って、あかん、透明《とうめい》になったんやった！」

風は、ふれたら切りさかれそうなほどのするどさで、さくらをなおも追いつめる。

さくらは、倒木《とうぼく》を乗りこえてにげようとして、ずるっと足をすべらせてしまった。

ハッとふりむくと、風がせまってくるのが見えた。体を立てなおそうとするが、間に合わない……！

風がぶつかると思った瞬間《しゅんかん》、小さな光が、さくらの前に現《あらわ》れて、風からさくらを守る。

渦巻《うずま》く風の前で光っていたのは、夢《ゆめ》の中で手に入れた鍵《かぎ》だった。

この鍵……もしかして！

さくらは、鍵へと両手を差しのべた。

風をふせいだということは――この鍵には、魔力《まりょく》が宿っているのかもしれない。

鍵によびかけるように、ゆっくりと、呪文《じゅもん》を口にしてみる。

「……封印解除《レリーズ》！」

すると、鍵から星の光が広がって、さくらの足もとに魔法陣《まほうじん》が生まれた。さくらカードのときともちがう、新しい魔法陣だ。透明《とうめい》な星を中心に、両脇《りょうわき》に金色の太陽と月をあしらった紋様《もんよう》がえがかれている。

同時に、鍵がぐぐっと長くのびて、形を変える。柄《え》がのび、羽が大きくなり、モチーフになった星は輝《かがや》きを増《ま》して――。

「……杖《つえ》に……なった……」

ピンク色の柄の先に、大きな赤い石が埋《う》めこまれ、その先に星の光を模《も》したような金色の円環《えんかん》がついている。円環の中には透明な星があり、星の周囲を六つの小さな星がめぐっ

ていた。円環《えんかん》のすぐ下には、一対《つい》のしなやかな純白《じゅんぱく》のつばさが生えている。
さくらは、杖《つえ》を手に取った。
風が再《ふた》び、さくらに向かってくる。
さくらは杖を構《かま》えた。
——今までの呪文《じゅもん》じゃ、きっとなにも起こらない……。
この杖を使うための呪文……!
風がみるみるせまってくる。
「さくら!」
ケルベロスがあせってさけぶ。
さくらは、落ちついて杖と向きあった。
不思議と、呪文が心にうかんでくる。
「主《あるじ》なき者よ。夢《ゆめ》の杖のもと、我《われ》の力となれ——固着《セキュア》!」
魔法陣《まほうじん》が再《ふた》び足もとに現《あらわ》れ、杖の星がくるくると回り、風が巻《ま》きおこる。
さくらは、杖を高く掲《かか》げた。

杖《つえ》の風とぶつかったところから、風がガラス状《じょう》になっていく。

パキパキと固まっていく風の中から、なにかが姿《すがた》を現《あらわ》していく。それは、トビウオのように長いヒレを持った精霊《せいれい》だった。

パァン！

ガラスとなった風が、くだけちる。

キラキラと光を放つ破片《はへん》の中から現れたのは……カードだった。

ゆっくりと降《お》りてきたカードを手に取る。カードの上部には〝疾風〟、下部には〈GALE〉と書かれていた。

「新しい……カード……」

見慣《みな》れないカードを手にしたまま、さくらは呆然《ぼうぜん》と、立ちつくした。

第二話　さくらと出口のない部屋

さくらは、登校してすぐに、知世《ともよ》と小狼《シャオラン》と、また裏庭《うらにわ》のバラアーチのところに集まった。

登校中に起きたことについて、相談する。

「新しいカードが？」

と、知世がおどろいたように、さくらの顔を見た。

「うん」

うなずいて、カバンから〝疾風《ゲール》〟のカードを取りだして見せる。

「あと、鍵《かぎ》も」

そう言って、ひもにつけた鍵を見せた。

「……透《す》けてますわね」

透明《とうめい》なカードをのぞきこみ、知世が言う。

「でも、こうやっても向こうの柄《がら》は透けないの」

そう言って、さくらはカードをひっくりかえした。

カード自体は透明で、表にはゲールの絵が、裏《うら》には新しい魔法陣《まほうじん》と同じ紋様《もんよう》が入ってい
る。ふつうなら、表のときは裏、裏のときは表の絵柄が透けそうなものだけど、このカー
ドはそうならない。とても不思議な構造《こうぞう》になっていた。

「……とつぜん透明になってしまった今までのカードと、こうやって新しく手に入った
カード。不思議なことばかりですけど、でももっと重要なことがありますわ」

知世が重々しく言う。その深刻《しんこく》な雰囲気《ふんいき》に、さくらはドキドキしながら聞いた。

「なあに？」

「さくらちゃんの新カード初ゲットを、撮影《さつえい》できなかったことですわ――!!」

そ、そんなことっ!?

さくらは思わずずっこけてしまった。小狼も呆然《ぼうぜん》としているようだったが、知世はい

たって真剣《しんけん》だ。

「せっかく！　せっかく、新作も用意できておりましたのに！」

嘆《なげ》きながら、知世は足もとに置いてあった紙袋《かみぶくろ》から、コスチュームを取りだして見せた。裾《すそ》が花びらのように幾重《いくえ》にも重なった、妖精《ようせい》みたいなワンピースだ。

ストックいっぱいあるって言ってたのに、新しいの作ったのね……。

さくらはちょっとあきれてしまった。

一方、ケルベロスはうれしそうに知世の近くに飛んでいくと、

「ワイのはー？」

と、無邪気《むじゃき》に聞いた。

待ってましたとばかり、知世は小さな王冠《おうかん》を取りだして、ケルベロスの頭にのせた。カラフルな石がたくさんついた、ゴージャスな王冠だ。

「このように」

知世は、ケルベロスのあごの下で、オレンジ色のリボンをきゅっと結んで、王冠を固定してあげた。

「わーい！」

ケルベロスは王冠《おうかん》を頭にのせ、うれしそうにちょこまかと飛びまわった。

「……本当に変わらないな。大道寺《だいどうじ》は」

小狼が、どこかうれしそうにつぶやく。

知世が、ふと、さくらの方をふりかえった。

「でも、おけががなくてよかったですわ」

「うん、ありがとう」

ほほえんでお礼を言うと、さくらは小狼の方へと向きなおり、カードと鍵《かぎ》を見せた。

「どう？　小狼くん」

小狼は、カードと鍵を、探《さぐ》るようにまじまじと見つめた。

「さくらの力しか感じない」

「私《わたし》も。でも、どうしてまた友枝町《ともえだちょう》でこんなことが起こるんだろう……」

さくらの疑問《ぎもん》に、だれも答えることができなかった。

キーンコーンカーンコーン……。

予鈴《よれい》が鳴りひびく。ケルベロスが、さくらのカバンの中へ飛びこむ。

教室にもどろうと、知世とともに歩きだしたさくらは、小狼の方をふりかえって言った。

「また相談させてね」

「ああ」

小狼は、片手《かたて》を上げて答えた。


かけていくさくらの背中《せなか》を見つめて、小狼は小さくつぶやいた。

「……さくら……」

その表情《ひょうじょう》は、少しつらそうだった。

まるで、さくらに言えない秘密《ひみつ》をかくしているかのような……。

席についていて始業の準備《じゅんび》をしていると、千春《ちはる》がやってきた。

「おはよ、さくらちゃん、知世ちゃん」

声をかけるなり、千春はメモを差しだした。

「はい、チーズケーキの作り方。自己流《じこりゅう》だけど」

「わあ！　ありがとう！　千春ちゃんのチーズケーキ、すごくおいしかったから知りたかったの！」

千春がくれたメモには、手書きの文字にかわいいイラストがそえられて、レアチーズケーキを作る手順がわかりやすく説明されていた。

「今日、さっそく作ってみるよ！　知世ちゃんといっしょに！」

さくらが言うと、千春はうれしそうにほほえんだ。

「感想聞かせてね」

「うん！」

もらったレシピのメモをながめているだけで、なんだかうれしくなってきてしまった。

千春ちゃんみたいに、上手にできるといいな。甘《あま》いものが大好きなケロちゃんにも、手伝ってもらおう！

千春が席についてすぐ、朝のホームルームが始まった。担任《たんにん》の守田《もりた》先生が教壇《きょうだん》に立って、みんなの顔を見回す。

「さて。今週中に入りたいクラブに入部届《にゅうぶとどけ》を出すことになってるけど、みんな、もう決まったかしら」

先生に聞かれ、みんなは顔を見合わせて、ざわつきだした。

「さくらちゃん、決めました？」

知世に聞かれ、さくらは「うん」とうなずいた。

「知世ちゃんは？」

「小学校と同じく、コーラス部に入ろうかと」

「私《わたし》も！　チアリーディング部。千春ちゃんもかな」

ちらりと、前の方に座《すわ》る千春を見る。

小学校のときに所属《しょぞく》していたチアリーディング部には、千春と、となりのクラスの奈緒《なお》子《こ》も参加していた。

「あとでうかがってみましょう。……李《リ》くんは何部に入られるんでしょうか」

「どうだろう」

と、さくらは首をかしげた。

「以前はクラブ活動はなさってませんでしたから、学校生活、放課後も楽しんでくださるといいですね」

「うん！」

「スポーツ関係に入られたら、チアリーディング部が応援《おうえん》に行けますし」

知世に言われ、さくらは、ぽっと赤面してしまった。

思ってもみなかったけど……でも確《たし》かに、小狼くんの応援に行けたら、すっごくうれしい、かも……。

「そしてそんなさくらちゃんを撮影《さつえい》させていただければ、幸せですわ」

「ほえええええ！」

知世にうっとりと言われ、さくらはますます真っ赤になってしまった。

お昼休みは、天気がよかったので、みんなで中庭でお弁当《べんとう》を食べることにした。さくらと、知世、小狼、それから千春と奈緒子と、山崎《やまざき》もいっしょだ。

それぞれにシートを広げ、輪になって食べる。

部活について、さくらはみんなに聞いてみた。

「私《わたし》もチアにするつもり」と、千春。

さくらはすっかりうれしくなって、「またいっしょだね」と笑いかけた。

「私は演劇部《えんげきぶ》にした。友枝中学《ともえだちゅうがく》は、生徒が脚本《きゃくほん》を書いた舞台《ぶたい》も上演してるし」

奈緒子が、お弁当を口に運びながら言う。

「小学校のときの舞台脚本もすばらしかったですし、奈緒子ちゃんの舞台、拝見《はいけん》したいですわ」

知世が言い、「私も応援《おうえん》してる」と、さくらもうなずいた。

奈緒子はお話を考えるのが得意で、クラスでやる演劇の脚本を書いてくれたこともあったのだ。

「ありがとう。山崎くんは？」

奈緒子が山崎の方を見る。

「バスケット部から勧誘《かんゆう》された」

山崎がのんびりと答えると、千春がすかさず、「あー、背《せ》だけは高いものね」と、茶々を入れた。

「本当は落語研究会があったら入りたかったんだけどね」

「ないわよ」

間髪《かんはつ》を入れず、千春がつっこむ。

「だから、ラクロス部に行こうかな〜って」

「全然関係ないじゃないのよ！」

とぼけたことを言う山崎に、千春がまた、びしっとツッコミを入れる。息がぴったりで、まるで夫婦漫才《めおとまんざい》だ。

山崎は、あはははははは、とのんびり笑いつつ、「李くんは？」と小狼に聞いた。

小狼は、少し困《こま》った顔になった。

一拍《ぱく》置いて、

「部活には、入らないつもりだ」

と、答える。

「そうなの？」

奈緒子が不思議そうにたずねた。

「香港《ホンコン》からもどったばかりだし。……やらなければならないこともあるし」

「やらなければ、ならないこと？」

と、さくらは首をかしげた。

「手続きやそろえなければいけないものも、たくさんあるから」

「それが終わったら、部活、入れるといいね」

奈緒子に言われ、「ああ、そうだな」と、小狼は小さくほほえんでうなずいた。

「偉《ウェイ》さんはいっしょに来てるの？」

さくらが聞くと、小狼は「いや、ひとりだ」と首をふった。

偉は、李家に仕える執事《しつじ》のおじいさん。以前、小狼が日本《にっぽん》に滞在《たいざい》していたときには、小狼といっしょに住んで身の回りの世話をしていた。

「しばらくしたら様子を見に来ると言っていたが」

「苺鈴《メイリン》ちゃんは？」

続けざまにさくらが聞くと、小狼は笑って、さくらたちを見た。

「よくメッセージで話してるから、俺《おれ》より知ってるんじゃないか」

「ええ」

と、知世がうなずく。

「いつも楽しいお写真や動画をくださいます」

苺鈴は、さくらたちが小学四年生のときに香港から転校してきた、強気で元気な女の子。五年生の一学期に、帰国してしまったのだが、今でもみんなと、ひんぱんに連絡《れんらく》を取りあっている。この間も、香港でお祭りがあったらしく、伝統衣装《でんとういしょう》に身を包んだ姿《すがた》を写真で送ってきてくれた。

「この前のお祭りのときの衣装、かわいかったね～」

千春の言葉に、奈緒子が「うん、すごくかわいかった」とうなずく。

「参考にさせていただきましたわ」

と、知世がうっとりとつぶやいた。

「……あれを？」

心配になったさくらが、おずおずと聞く。

「きっとお似合《にあ》いになりますわ」

自信たっぷりに知世が答える。

「でも、李くん、いっしょに写ってなかったね」

奈緒子に言われ、小狼は「……ああ」とあいまいにうなずいた。

「……あのときは、やることがあって。祭りには参加しなかったんだ」

「そうでしたの。ぜひ参考にしたかったですわ」と、知世。

「なんの？」

小狼がきょとんとする。

「お似合いになるように作りますのに」

「お祭りといえば！」

楽しそうに口をはさんできたのは、山崎だ。

「世界にはいろんなお祭りがあるんだけれど、特に珍《めずら》しいお祭りがブルガリアにあってね。それが、ヨーグルトに塩辛《しおから》を……」

「はい！　さくさく食べる！　お昼休み、もう少ししかないんだから」

いつものでたらめ話を始めようとした山崎の口に、千春がおにぎりをつめこんだ。山崎は、おにぎりで口をもぐもぐさせながら、どこかうれしそうに「あははは｜」と笑った。

「……最後まで聞きたかったなっ！」

ヨーグルトに塩辛の組みあわせが気になってしまったさくらと小狼が、目をキラキラさせて口をそろえる。

「李くんもだけど、さくらちゃんもそのままでいてほしいね～」

奈緒子の言葉に、知世が「ほほほ」とほほえんだ。

午後は、美術《びじゅつ》の授業《じゅぎょう》だった。

モデルの石膏像《せっこうぞう》をぐるりと取りかこみ、さくらはクラスのみんなと、デッサンをしていた。

「どう？」

近くに座《すわ》っていた千春に小声で聞かれ、「難《むずか》しいー」と、さくらはうなだれた。

課題になっている石膏像は、バイオリンを弾《ひ》いている。全体像をつかむのが難しくて、なかなか進まずにいた。

「奈緒子ちゃんなら、すらすらなんだけどな～」

千春もうまくいっていないらしく、ぼやき顔だ。

「奈緒子ちゃん、絵、ほんと上手だもんね」

「見てもいい？」

と千春に聞かれ、さくらはためらいながら、「う、うん……」とうなずいた。

ちょっと自信がないから、恥《は》ずかしい。

でも、さくらの絵をのぞきこんだ千春は、「上手にかけてるよ」と、ほめてくれた。

「そ、そうかなぁ……」

やりとりをそばで聞いていた知世ものぞきこんで、「お上手ですわ」と言ってくれた。

「ずっと上手な知世ちゃんに言われると恥《は》ずかしいよ」

「いいえ。千春ちゃんもさくらちゃんも、すてきな絵ですわ」

「うん、知世ちゃんの絵はなんか大人っぽいよね」

知世の絵をのぞきこみ、千春が感心したように言う。

「ありがとうございます。自分ではわからないんですが……」

「前見た、デザイン画みたい」

千春がなおもほめると、知世はおだやかに目を細めた。

「お洋服を作る前に、デザイン画をかくこともありますから」

「絵にかいてから作るの？」

不思議に思って、さくらが聞く。

「直接《ちょくせつ》型紙に起こしてしまうこともありますが、思いついたものをわすれないように、絵でかくこともありますね」

「すごいねー」

いつも当たり前に作ってもらってたけど、お洋服作るのって、大変なんだなぁ……。

「今度、家庭科の授業《じゅぎょう》で、裁縫《さいほう》のわからないところ、教えてもらっていい？」

千春の言葉に、知世は「もちろんですわ」と快《こころよ》く答えた。

「ありがと」

さくらは、ふと校庭に目をやった。小狼たちのクラスが、体育の授業をしている。二チームに分かれて、サッカーの練習試合をしているようだ。

ボールを受けた小狼が、敵《てき》のマークをよけながらドリブルをしている。そのままゴール前までボールを運び、みごとにシュートを決めた。

チームメイトたちが、わあっと小狼の周りにかけよる。

小狼くん、楽しそうだな……。

「やっぱり李くん、運動神経《うんどうしんけい》いいね」

試合の様子に見入っていたさくらは、千春に声をかけられ、ハッと我《われ》に返った。

「そ、そうだね……」

「早く部活、できるようになるといいね」

「……ほんとに」

そしたら、チアリーディング部で、応援《おうえん》に行けるかもしれないし……。

☆ ☆ ☆

その日の放課後。

さくらは知世とともに、千春からもらったチーズケーキのレシピに挑戦《ちょうせん》していた。ふたりともエプロンをつけ、知世は長い髪《かみ》をひとつに束ねて、すっかり準備万端《じゅんびばんたん》だ。お手伝いのケルベロスも、小さなエプロンをつけている。

「これでええか〜」

ケルベロスが、ケーキ型に、くだいたビスケットをぎゅっぎゅっと敷《し》きつめながら聞く。

「うん、大丈夫《だいじょうぶ》かな」

土台となるビスケット生地《きじ》をのぞきこんで、さくらがうなずく。

ゼラチンの入った耐熱容器《たいねつようき》をレンジから出しながら、知世が「こちらもOK《オーケー》な感じですわ」と声をかけた。

「えーっと、千春ちゃんが書いてくれた作り方だと……」

さくらは、今日もらったレシピを、目でなぞった。

――ボウルにクリームチーズを入れて、なめらかになるまで、よく練ってね。

「えっと、こうして」

「こうやな」

さくらとケルベロスが、それぞれクッキングヘラを持ち、クリームチーズをぐるぐるとかきまぜた。

――生クリームにお砂糖《さとう》をくわえて。蜂蜜《はちみつ》を入れてもいいかも。

メモにしたがってお砂糖と蜂蜜をくわえると、さくらは電動泡立て器《でんどうあわだてき》で、ボウルの中の生クリームを泡立てた。

――少しツノが立ったくらいに泡立ったものにクリームチーズをくわえ、さらにレモン汁《じる》をくわえます。

「そして、こうですわね」

知世が、泡立《あわだ》てた生クリームの入ったボウルの中に、よく練ったクリームチーズを入れる。

続いてケルベロスが、レモンをしぼって「ほいっ」と差しだした。

――耐熱容器《たいねつようき》に粉ゼラチンと水を入れて、レンジでチンして、ふやかしたものをくわえます。

さくらは、さきほど知世がふやかしておいてくれたゼラチンを、ボウルにくわえた。クリームチーズはだいぶ重たくなってきていたが、電動泡立て器のおかげでラクにかきまぜることができる。

――網《あみ》でこしてから型に流しいれて。

ケルベロスが網を持って、ぴゅーっと飛んでくる。

トロトロになった生地《きじ》を、メモのとおりに網でこしながら、ケーキ型に流しいれた。

――冷蔵庫《れいぞうこ》で二、三時間冷やして固めてね。お好みで、フルーツやミントをのせたり、フルーツソースをかけて、食べてね。

ケーキ型を、そっと冷蔵庫《れいぞうこ》に入れて、ぱたんと扉《とびら》を閉《し》める。

そして、きっかり三時間後。

冷蔵庫から取りだしたケーキは、ばっちり固まっていた。

「レアチーズケーキ、できた〜〜！」

さくらとケルベロスは、声をそろえてさけんだ。知世もうれしそうに、手をぱちぱちとたたく。

さっそく、みんなでおやつタイム。

紅茶《こうちゃ》を用意して、切りわけたチーズケーキにフルーツソースをとろりとかけた。

ぱくっとケーキを口に運んだケルベロスは、「ふおおおおお〜っ」と幸せそうにほっぺたをおさえた。

さくらもひと口食べるなり、

「ん――――っ」

と、とろけてしまう。

大成功だった。

「さすが千春ちゃんのレシピ。最高ですわ」

知世もうれしそうに目を細める。

「やー、やっぱおいしいもん食べるんは、幸せやなぁ」

「うん、ほんとにそう思う」

幸せをかみしめるようにして、さくらは言った。

「新しい杖《つえ》とカードのこととか、まだ来ないエリオルくんからのお返事とか、色々あるけど……」

さくらは、自分に言いきかせるように言った。

「心配ばっかりしててもしかたないし。学校もお家《うち》も、毎日のことちゃんとして、なにかあったら、私《わたし》のできることを、がんばるよ」

知世が、そっとさくらの手に自分の手を重ね、にぎりしめた。

「さすがですわ、さくらちゃん」

勇気づけられるように言われ、さくらは照れながら謙遜《けんそん》した。

「そんなことないよ」

「せやな」

と、ケルベロスが横やりを入れる。

「中学生になったのに、自分でセットした目覚まし毎回自分で止めて、二度寝《にどね》してはあわてててしたくしとるからな！」

「ケロちゃんっ！」

もーっ、知世ちゃんに余計《よけい》なことバラして!!

と、そのとき、玄関《げんかん》の扉《とびら》が開く物音がした。

「ただいま～」

桃矢《とうや》の声だった。

ケルベロスが、ぴたっと動きを止め、あわてててぬいぐるみのふりをする。

リビングダイニングに、ひょいと桃矢が顔をのぞかせる。

「おかえりなさい」

桃矢に続いて顔をのぞかせたのは、雪兎《ゆきと》だ。

「雪兎さん！」

さくらはうれしくなって、声をあげた。

「こんにちは、さくらちゃん、知世ちゃん」

スーパーマーケットに寄《よ》ってきたらしく、ふたりともスーパーの袋《ふくろ》を持っている。

「おじゃましてます」

キッチンに向かう桃矢に、知世があいさつする。買いこんだ食材を、桃矢とともにしまいながら、雪兎は知世の方をふりかえった。

「知世ちゃん、今日お泊《と》まりなんだって？」

「はい。お世話になります」

知世が礼儀《れいぎ》正《ただ》しく、ぺこりと頭を下げた。

「僕《ぼく》もなんだ」

「雪兎さんもですか！」

さくらはうれしくなって言った。

知世ちゃんがお泊まりで、雪兎さんまでいるなんて、楽しすぎるよ〜っ！

「うん、よろしくね」

「こちらこそです！」

元気よく返したさくらに、桃矢が「なんだそりゃ」とツッコミを入れた。

「なによっ」と、さくらは口をとがらせた。

「『こちらこそ』、どうするんだよ」

「お、おもてなしするもん」

「どんな？」

からかうように、桃矢がたずねる。

「そ、それは……」

さくらは、ぐぬぬと言葉につまってしまった。

もう、お兄ちゃんてば、あいかわらずいじわるなんだから……っ！

「さくらちゃんがいてくれたら、十分おもてなしだよ」

雪兎さんが、助け船を出してくれる。

「雪兎さん……」

さくらは、雪兎の優《やさ》しさに胸《むね》がいっぱいになった。雪兎はこんなふうに、いつでもすっごく優《やさ》しいのだ。

お兄ちゃんとは大ちがい！

「ビデオカメラがないのが、残念ですわ」

知世が、ぽそりとつぶやいた。桃矢がさくらをからかうところから、雪兎がフォローするまでのやりとりを、記録しておきたかったらしい。

桃矢が冷蔵庫《れいぞうこ》の中を確認《かくにん》しながら、なにげなくつぶやいた。

「晩飯《ばんめし》、お好み焼きでいいか」

瞬間《しゅんかん》、ぬいぐるみのふりをしていたはずのケルベロスの目が、きらりと光った。

つぶらな瞳《ひとみ》がうるうると潤《うる》みだし、口もとからよだれがタラリとたれる。

ケロちゃん、そんな顔してたら、ぬいぐるみじゃないってバレちゃうよ〜っ。

さくらは内心ヒヤヒヤしてしまう。

「大好きですわ」「大好き」と、知世と雪兎が口々に答えると、桃矢は満足げにうなずいた。

「んじゃ、そばもあるし、モダン焼きな」

ケルベロスの体が、びくりと跳《は》ねる。

モダン焼きは、ケルベロスの大大大大好物なのだ。

「ケ……！」

ケロちゃん！　と、さくらはあやうく声をかけそうになってしまった。

桃矢がすかさず、さくらの方をふりかえる。

「け？」

「け……」

しまった、どうしよう……ごまかさなきゃ！

「け、健康的でいいよねっ、モダン焼き」

「健康？」

と、桃矢が首をかしげる。

「キャ、キャベツいっぱい食べられるし！」

さくらは、わたわたと言《い》い訳《わけ》した。

ケルベロスは、冷《ひ》や汗《あせ》をかきながら、ぬいぐるみのふりを続けている。

桃矢は、怪《あや》しむように、じ――――っとケルベロスを見つめた。

桃矢は以前、すごい魔力《まりょく》を持っていて、色々なことを言いあてたり、ふつうの人に見えないものが見えたりしていた。ケルベロスがただのぬいぐるみではないのではないかと、そのころからずっと疑《うたが》っている。

けれども、今の桃矢は、もう昔のような力は持っていない。さくらの力が足りずにユエと雪兎が消えかけていたときに、ユエに魔力を全てあげてしまったからだ。

食材をしまいおえた桃矢は、さくらが使っていたフォークをさりげなく手に取った。そのまま、お皿にのったさくらのチーズケーキを、ひょいとつまみ食いする。

「あー!!」

私《わたし》のケーキ!

「まあまあだな」

「せっかくお兄ちゃんの分も作ったのに！　あげないからね！」

桃矢がこりずに、さくらのお皿にフォークをのばそうとするので、さくらはばばっとケーキを腕《うで》で囲って守った。

桃矢がキュピーンと目を光らせ、楽しそうにチーズケーキを狙《ねら》いに来る。

「お兄ちゃん！」

お兄ちゃんの分は冷蔵庫《れいぞうこ》にあるのに、なんでさくらのケーキを食べるの〜っ！

「なかよしだね」

「本当に」

兄妹《きょうだい》の攻防《こうぼう》を、ほほえましく見守る雪兎と知世《ともよ》。

ケルベロスは、冷《ひ》や汗《あせ》を流しながら、けなげにぬいぐるみのふりを続けていた。

☆ ☆ ☆

夜になっても、さくらはぷんすかおこっていた。

「もう。大学生になってもお兄ちゃん、いじわるばっかり！」

さくらの部屋で、知世が作ってくれた衣装《いしょう》を試着中だ。知世は、おこっているさくらを笑顔《えがお》で見守りつつ、さくらに着せた衣装のチェックをしている。

ケルベロスは、むぐむぐと、さくらがこっそり部屋まで持ってきたお好み焼きを食べていた。

「けど、こんなうまいお好み焼き作れるんやから、悪いやつやない」

口の周りをソースと青のりでいっぱいにしながらそんなことを言うので、さくらはケルベロスをにらんだ。

「ケロちゃんは食い意地はってるだけでしょ」

「うまいもん作れるやつは、みんなええやつやで〜。ふはははは」

笑いながら、ケルベロスは幸せそうにお好み焼きをほおばった。

衣装《いしょう》のチェックを終えた知世が、満足げに言う。

「丈《たけ》も、ばっちりですわ」

「こういうの着るの、久《ひさ》しぶりだね」

「よくお似合《にあ》いですわ」

さくらはちょっと照れながら、衣装がよく見えるように、両手を広げて背筋《せすじ》をのばした。

たっぷりのパニエがついたピンク色のワンピースに、同じ色のケープコート。胸《むな》もとには大きなリボンタイがついている。帽子《ぼうし》やブーツにも、同じデザインのリボンがついていた。

「知世ちゃんが作ってくれたお洋服着ると、いっぱい元気になれるの。いつもありがとう」

「さくらちゃん……」

知世が、感極《かんきわ》まったようにさくらを見つめる。

ふたりは目を合わせて、ほほえみあった。

「さて、この状態《じょうたい》でも記念撮影《さつえい》を」

知世がわくわくした様子で構《かま》えたのは、いつものビデオカメラだ。

「やっぱり、撮影するのね……」

「ワイもー！」

ケルベロスが目ざとくビデオカメラを見つけて、ひゅーっと飛んでくる。

「かわいいですわー！　すてきですわー！」

四方八方からくまなくさくらを撮影して、知世はすっかりご満悦《まんえつ》だ。

のりのりでポーズを決めるケルベロスにおされつつ、さくらはぎこちなく、レンズに笑《え》顔《がお》を向けた。

と、そのとき。

なにか不思議な感覚が、ふっとさくらの中を通りすぎた。

「なんか、今……」

ふりかえると、周りの景色が一変していた。

白い壁《かべ》に、四方をぐるりと囲まれている。

自分の部屋にいたはずなのに、気がついたら、白い大きな箱の中にいるようだった。ぐるりと渦《うず》を巻《ま》いた不思議な線が、どの面にもくっついている。

「え!?」

さくらはおどろいて、あたりに視線《しせん》を走らせた。

この空間にいるのは、知世とさくら、そしてケルベロスだけのようだ。

「なんや、なんや」

「さっきまでさくらちゃんのお部屋にいたと思ったんですが……」

ケルベロスと知世が、とまどったように顔を見合わせる。

「う、うん。いた、よね……」

さくらは、もう一度周りの景色を確認《かくにん》して、ぽつりとつぶやいた。

「もしかしてまた、夢《ゆめ》……?」

ケルベロスが飛んできて、さくらのほっぺをむぎゅうっと引っぱった。

「いひゃい!」

「どうや」

「いひゃいよ! ケロひゃん!」

さくらが悲鳴をあげると、ケルベロスはぱっと手を離《はな》し、「ってことは……」と考えこんだ。

「夢ではないのでしょうか」

と、知世も眉《まゆ》をくもらせる。

「だとしたら……、また、新しい杖《つえ》とカードに関係あること……?」

さくらは、痛《いた》むほっぺをさすりながら、首からペンダントにして下げた夢の鍵《かぎ》を取りだした。

鍵《かぎ》は、まるでなにかに反応《はんのう》するように、うすく発光している。

「関係、あるみたいやな」

「ここ、どこなんだろう」

さくらは、天井《てんじょう》を見上げてつぶやいた。

「……またや。なんの気配もせん」

あたりの気配を探《さぐ》ろうとしていたケルベロスが、あきらめたように言う。

「どこか扉《とびら》とか……」

さくらは壁《かべ》と思われる方に歩きだした。

せめて、外に出るための扉や窓《まど》が見つかればいいんだけど……。

「気をつけてくださいね」

知世に心配され、「うん」とうなずきながら、さくらはそろそろと壁に手をかざした。

意識《いしき》を手のひらの先に集中させ、気配を探《さぐ》る。

「どうや」

「私《わたし》も、なにも感じない……」

壁《かべ》にふれてみようと、さくらは手をのばした。

すると、壁はさくらの手をよけて、すいっと後ろに下がってしまった。

「え!?」

……壁が、動いた？

ほかの壁にも手をのばしてみる。やはり同じように、手がふれるより前に、壁は後ろへと遠ざかっていった。

「壁、にげてっちゃう！」

「え？」

首をかしげた知世に、さくらはもう一度、壁がにげるところを見せた。

ケルベロスが試《ため》してみても、結果は同じだった。

「なんやこれ！」

さくらはとまどって、再《ふたた》びあたりを見回した。

「扉《とびら》も窓《まど》もない。おしてものびちゃう。どうやって出れば……」

「うおおおおお！」

ケルベロスがヤケクソぎみに、びゅんっと壁《かべ》に向かって飛びだしていく。

あちこち飛びまわって、壁や天井《てんじょう》、床《ゆか》に飛びこむが、その分、びよーんとその部分が外側にのびるだけで、全然外には出られない。

「ちょ、ほんま、この壁どないなっとんねん！」

ぜーぜーと息を切らしながら、ケルベロスがぼやく。

びよん！

とつぜん、へこんだ床が、跳《は》ねかえって盛《も》りあがった。

「え!?」

さくらはあわてて後ろに飛びすさった。ケルベロスのところにも、へこんでいた壁が勢《いきお》いよく跳ねかえっていく。

「なんやなんや！」

ケルベロスも、悲鳴をあげながら、壁をよける。

すると、箱全体が、急にぐにゃぐにゃと波打ちだした。

バランスを取るだけで精《せい》いっぱいで、まっすぐに立っていられない。

「きゃあ！」

「知世ちゃん！」

悲鳴をあげてバランスをくずした知世に、さくらはかけよろうとした。しかし、ふんだ場所がまたぐにゃっとゆがんでしまい、うまく歩けない。

「わ！」

足を取られ、さくらはその場に倒《たお》れこんでしまった。

床《ゆか》も壁《かべ》も、波打ち方がどんどんひどくなっていく。

「なにこれ、ぐにゃぐにゃ！」

「これ、あれや！　あれ！」

空中ににげたケルベロスが、なにかを思いだしたようにさけんだ。

「あれ！　ほら！　あれ！」

「なに!?」

と、さくらはもどかしくなって大声で聞きかえした。

「あれやって！　あれ！」

「あれじゃわかんないよ！」

ケルベロスはじれったそうに、手足をばたつかせた。

「こう、のびて！　縮《ちぢ》んで！　ほら！」

のびて、縮んで？

きょとんと顔を見合わせたさくらと知世は、次の瞬間《しゅんかん》、ハッと気がついた。

ぐにゃぐにゃとゆれる壁《かべ》、ふむとはずむ床《ゆか》。これってまるで……。

「ゴム！」

三人の声がそろう。知世が、探《さぐ》るように、壁を見上げた。

「ひょっとしてこれ、風船の中みたいな感じなんでしょうか。だとしたら、割《わ》れてくださ
れば、もしかして……」

「でもどうやって……」

さくらが表情《ひょうじょう》をくもらせると、知世が自分の右手首を指さした。

「ちょうどこんなものが」

「あ」

さくらとケルベロスが、同時にぽかんと口を開ける。

知世の右手首には、衣装《いしょう》の調整に使っていた針刺《はりさ》しが巻《ま》かれていた。そこには、マチ針が何本か刺さっている。

そっか。ゴムなら、針で刺せば割《わ》れちゃうはず……。

知世は、さくらを見ると、力強くうなずいた。

さくらは、立ちあがって、鍵《かぎ》をにぎりしめ、こくりとうなずきかえした。

床《ゆか》はあいかわらずぐにゃぐにゃでバランスを取りづらいけど、なんとか体勢《たいせい》を整えて、呪文《じゅもん》をさけぶ。

「夢《ゆめ》の力を秘《ひ》めし鍵よ。真の姿《すがた》を我《われ》の前に示《しめ》せ！　封印解除《レリーズ》！」

鍵がぐぐっとのびて、杖《つえ》の形になる。

さくらは柄《え》をぱしっとつかんだ。

「いきますわよ」

と、知世が針を手に取る。

「うん」

さくらがうなずく。知世が、ちょん、と針先《はりさき》で床《ゆか》をつついた。

ぱん！

床が、風船のように破裂《はれつ》してはじけとぶ。

割《わ》れて、収縮《しゅうしゅく》していく空間の中で、さくらは間髪《かんはつ》を入れず、呪文《じゅもん》をとなえた。

「主《あるじ》なき者よ。夢《ゆめ》の杖《つえ》のもと、我《われ》の力となれ！　固着《セキュア》！」

周りを取りかこんでいた壁《かべ》の破片《はへん》が、ピキピキと、結晶《けっしょう》のように寄《よ》りあつまっていく。

塊《かたまり》になった結晶が、パン！　とはじけとび、一枚《まい》のカードへと姿《すがた》を変えた。

はらりと落ちてきたそのカードを、さくらは空中でキャッチした。

カードにきざまれた文字は、〝包囲《シージュ》〟――そして、〈ＳＩＥＧＥ〉。

☆　☆　☆

ハッと気づくと、さくらたちは、元の部屋へともどってきていた。

どんどんどん！　と、だれかが激《はげ》しくドアをノックしている。

ケルベロスがあわてて、さくらの肩《かた》に乗っかり、ぬいぐるみのふりをした。

さくらがドアを開けると、そこには桃矢が立っていた。

「えらいでかい音したぞ」

と、眉《まゆ》をひそめている。どうやら心配をかけてしまったらしい。

「ちょ、ちょっと風船で遊んでて、割《わ》っちゃったの」

さくらはあわてて言《い》い訳《わけ》をした。

「申し訳ありません」

ぺこりと知世が頭を下げる。

桃矢は怪《あや》しむように、ふたりをじっと見た。

「……あんま、はしゃぐなよ」

「う、うん」

桃矢がドアを閉《し》めると、さくらとケルベロスは、ふーっと脱力《だつりょく》した。

「なんとかごまかしたで……」

ケルベロスが、冷《ひ》や汗《あせ》をぬぐう。それから、無言のさくらを心配して、見上げた。

「……さくら？」

さくらは困惑《こんわく》して、シージュのカードを見つめた。

「また……新しいカード……」

☆ ☆ ☆

そのころ、イギリスでは――。

エリオルがひとり、難《むずか》しい顔をして、ソファに座《すわ》りこんでいた。

手に持った携帯電話《けいたいでんわ》を、思いなやんでいるようにじっと見つめる。

と、そこへ、スピネル・サンが部屋に入ってきた。

蝶《ちょう》に似《に》た羽が生えた、黒猫《くろねこ》のぬいぐるみのような仮《かり》の姿《すがた》をしている。

「ねむりましたよ、ルビー。今すぐ日本に行くと、聞かなくて。歌帆《かほ》がなだめてやっと」

「……そうか」

エリオルが、小さくうなずく。

エリオルとともに友枝町で暮《く》らしていたころ、ルビーは仮の姿の秋月奈久留《あきづきなくる》として、桃矢や雪兎と同じ高校に通っていた。さくらたちとも接点《せってん》が多かっただけに、余計《よけい》に心配なのだろう。

スピネルは、テーブルに腰《こし》かけると、ターコイズブルーの瞳《ひとみ》でエリオルをじっと見上げた。

「かけないんですか、日本のお嬢《じょう》さんに。返事を待ってるでしょうに、エリオルの」

エリオルは、手に持った携帯《けいたい》に目を落とすと、ゆっくりとつぶやいた。

「……今は、まだ。その時が来るまでは」

☆☆☆

その夜、さくらはまた、あの夢《ゆめ》を見た。

するどい風がふきあれ、厚《あつ》くたれこめた雲の合間を、黒い龍《りゅう》のような生き物が悠然《ゆうぜん》と体を泳がせている。

その角の上に立つのは、フードのだれか。

フードの人が、すっと右手を上げる。

それに反応《はんのう》するように、さくらが持っていたあの鍵《かぎ》が光を放ち、フードのだれかに吸《す》いよせられていった。

だめ！

さくらはとっさに、鍵を引きよせようとした。

しかし、鍵は放つ光を強めながら、フードのだれかのもとへと寄《よ》っていこうとする。

だめ！　そっちは！

さくらは引きずられそうになりながら、鍵を両手でかかえこんだ。

だめ！　行っちゃやだめ！

鍵を引きよせる力はいっそう強くなり、鍵をかかえこんださくらは、そのままずるずると引きずられていった。

フードが風にばさばさとはためき、フードの下の顔が、見えそうになる。

――だれなの？　どうしてそこにいるの？　あなたは、だれ……!?

問いかけたところで、目が覚めた。

ハッとあたりを見回すと、自分の部屋のベッドの上だ。

すぐ横で、知世が、すうすうと寝息《ねいき》を立てている。枕《まくら》もとの小さなクッションで、ケルベロスもおやすみ中だ。

ベッドを降《お》り、机《つくえ》の中のさくらカードの本から、カードたちを取りだしてみる。

……やっぱり、透明《とうめい》なまま。

カードさんたち、大丈夫《だいじょうぶ》かな。

ちょっと、不安になる。

そのとき――。

「モダンはやっぱブタとイカやろー……」

食べ物の夢《ゆめ》でも見ているのか、ケルベロスがそんな寝言を言いながら、ごろりと寝返りを打った。

そののんきな寝姿《ねすがた》にほっとして、さくらはくすっと笑《え》みをもらした。

部屋の棚《たな》の上には、くまのぬいぐるみが置いてある。小狼のために一生懸命《いっしょうけんめい》作った、大切なくまさん。離《はな》れ離《ばな》れになっている間、さくらに代わって、小狼のそばにいてくれた。

ちょこんと座《すわ》ったくまの姿に、なんだか少しだけ、勇気づけられる。

できることしよう。
こうやって新しいカードと出会ったのも、なにか理由があるはずだから。
またカードに会えるように、私《わたし》にできることを。

翌日《よくじつ》、登校してすぐに、さくらと知世《ともよ》は小狼《シャオラン》に声をかけ、裏庭《うらにわ》のバラアーチの下に集まった。そして、昨晩《さくばん》、部屋にシージュのカードが現《あらわ》れたことを話す。

「部屋で、そんなことが……」

ふたりの話を聞いた小狼は、深刻《しんこく》そうに眉《まゆ》をひそめた。

「知世ちゃんが針《はり》持っててくれてよかったよ」

「こちらこそ。お役に立ててよかったですわ」

知世がさくらを見やりながら「それに……」と言葉を継《つ》ぐ。

「今度はさくらちゃんの勇姿《ゆうし》をばっちり撮影《さつえい》できましたわー！　カードをゲットしたときの笑顔《えがお》ピース、最高でしたわ。そして、次回からはついに新しい決めポーズもお披露目《ひろめ》できますし……。楽しみすぎますわ」

さくらは、ゆうべの様子を思いだして、ちょっと笑ってしまった。

ともかく、これで透明《とうめい》なカードは二枚《まい》になった。ゲールに、シージュ。

さくらは二枚のカードを取りだして、小狼に見せた。

「また透明なカードになったの」

「同じだな」

小狼に言われ、さくらはこくんとうなずいた。

「とりあえず、鍵《かぎ》とカードは持ち歩いてる」

「さくらカードは？」

「お家《うち》に。やっぱり、絵は消えたままで、使えないから」

「……そうか」

「ケロちゃんも、今日はお家にいてもらってるの。もし、また部屋でなにかあったら連絡《れんらく》してってて、お願いしてある」

そのとき、予鈴《よれい》が鳴った。

「教室行かなきゃ。守田《もりた》先生、早いから。またあとでね」

「さくらちゃんと作ったチーズケーキ、持ってきましたので、お昼にぜひ」

言いおくと、さくらと知世は、ぱたぱたと走って教室へともどっていった。

☆ ☆ ☆

さくらは知世といっしょに、教室へと入った。

「おはよー！」

と、千春《ちはる》がふたりに気づいて、近づいてくる。

「おはよ、千春ちゃん。チーズケーキのレシピ、ありがとう。上手にできたよ」

さくらがさっそくレシピのお礼を言うと、千春は「よかった」と、笑顔《えがお》になった。

「みんなにも、持ってきたの」

「わあ、楽しみにしてる！」

そのとき、教室に守田先生が入ってきた。

生徒たちがそれぞれ着席して、朝のホームルームが始まる。

と、外から、サァァァと音が聞こえてきた。

「ほえ？」

窓《まど》の外に目をやると、雨が降《ふ》りはじめている。

「あら、雨？　今日、降水確率《こうすいかくりつ》０％だったのに……」

守田先生が、困《こま》ったように言う。

ほかの生徒たちも、「あー」「傘《かさ》、どうしよ」と顔を見合わせた。

「さくらちゃん、傘は？」

知世に聞かれ、さくらは「折りたたみ、カバンに入れてきた」と答えた。

「よかったですわね。でもお昼までに止《や》むといいのですけど」

「うん。みんなでお弁当《べんとう》、お外で食べたいね」

ところが、雨は止むどころかどんどん強くなっていって、お昼になるころにはすっかりどしゃ降りになってしまった。

外でお弁当を食べるのはあきらめて、みんなで食堂に集まることにする。

さくらと知世、小狼、奈緒子《なおこ》、そして山崎《やまざき》と千春は、食堂のテーブルに、それぞれのお弁当《べんとう》を広げた。

「李《リ》くん、そのお弁当、自分で？」

千春が、小狼のお弁当をのぞきこむ。

「ああ」

と、小狼がうなずくと、みんな目を丸くした。

彩《いろど》りはひかえめだが、品数が多く、どれもすっごくおいしそうだ。

「すごいですわ」

「料理男子だねー」

知世と奈緒子に口々にほめられ、小狼は「いや、昨日の残り物だから……」と、口ごもった。

「て、ことは夕食も自分でなんだね。もっとすごいよ！」

千春にさらにほめられ、「いや、そんなことは……」と、照れたように目をそらす。

そのとき、外から聞こえていた雨の音が、いっそう大きくなった。ざあざあという大きな音が、食堂にいても聞こえてくる。

「また強くなりましたわね……」

知世がぽつりとつぶやくと、奈緒子が「うん。止《や》まないね」と同意した。

「なんか、どんどん強くなってる感じ」

そう言って、千春が窓《まど》の外を見やる。

すると、山崎の目がきらりと光った。

「雨といえばね！」

と、いつものでたらめなうんちくを披露《ひろう》しはじめる。

「『雨』と、お菓子《かし》の『飴《あめ》』って、音がいっしょだよね。昔、エジプトでは雨は甘《あま》くてね。それをお皿とかで受けとめて、固めていたんだって。それが飴の起源《きげん》でね」

「……さすがにそれ無理がある」

千春が渋《しぶ》い顔で、山崎の話に横やりを入れた。

「なんでエジプトが語源で日本語になるのよ」

「それはエジプトのパピルスが日本に流れついて……」

「もっと無理になった」

千春はすっかりあきれ顔だ。奈緒子が、小狼とさくらの方を見ながら言った。

「でも、信じてる人いるよ」

小狼とさくらは、そろって目をキラキラさせ、「へーっ」と感心している。

ふたりとも、すっかり、山崎の話を信じこんでいるらしい。

「あんなふたりを見て、心が痛《いた》まないの!?」

千春が山崎の襟首《えりくび》をつかんでゆさぶるが、山崎はのほほんとした様子で、「あははは」

と流している。

「そういえば。山崎くんは結局ラクロス部に？」

と、知世が聞く。

「うん。最後まで園芸部と悩《なや》んだんだけど」

「山崎くん、園芸部も似合《にあ》うよね」

奈緒子に言われ、山崎はなぜか「ありがとう」とお礼を言った。

「それ、ほめ言葉？」

千春がすかさずつっこむ。

さくらは奈緒子の方を見て、「演劇部《えんげきぶ》はどう?」と聞いた。

「おもしろそう。でも女子部員が多いかも。今考えてるお話は、男子が何人も出てくるから……」

「女子が男子をやったりもするの?」

千春が聞くと、奈緒子はうなずいた。

「そういうこともあるみたい」

「男女逆転《ぎゃくてん》なんて、思いだしますわね……。さくらちゃんの王子様に、李くんのお姫様《ひめさま》……」

うっとりと言って、知世が宙《ちゅう》を見つめる。

小学五年生のときの学芸会で、『眠《ねむ》れる森《もり》の美女《びじょ》』の劇をやったときのことを、思いだしているのだろう。あみだくじで配役を決めた結果、さくらは王子様役、小狼はお姫様役をやることになってしまったのだった。

ふたりとも、決まった役を一生懸命《いっしょうけんめい》に演じたのだけど……今となっては照れくさい思い出で、さくらも小狼も、ぽっと赤くなってしまった。

「チアリーディング部は今日から？」

奈緒子がさくらに聞く。

「うん。雨、止《や》んでくれるといいんだけど」

答えながら、さくらは窓《まど》の外に目をやった。

雨脚《あまあし》は、激《はげ》しくなる一方だ。

☆ ☆ ☆

午後の、理科の時間。

理科実験室に移動《いどう》して、さくらと知世は先生の説明を受けていた。今日は、植物の観察だ。

「では、先週の続きを。花の観察についてなんだが、ルーペを使ってやっていく、というのは説明したね。ルーペは虫眼鏡《むしめがね》じゃないので、目に当てるようにして。これで絶対《ぜったい》に太陽を見ないように。観察したあとに絵をかいてもらいます」

「絵かー。お花とか苦手なんだけど」

さくらが、ちょっと困《こま》ったような顔で、教科書をのぞきこんだ。

「しっかり観察してかけば大丈夫《だいじょうぶ》ですわ」

「がんばる！」

さくらが教科書のページをめくると、端《はし》の方に、鉛筆《えんぴつ》で小さく落書きがしてあるのが目につく。

「ほえ？」

かわいらしい女の子の絵だった。よく見ると、「さくらちゃん」と文字がそえられている。

「どうなさいました？」

「奈緒子ちゃんだと思う。この前、教科書貸《か》したから」

さくらが絵を見せると、知世が「まあ、かわいい」とほほえんだ。

あら、と知世が次のページをめくる。すると、そこには……さくらと小狼が、手をつないで並《なら》んで立っているイラストが。

「イラストでもなかよしさんですわね」

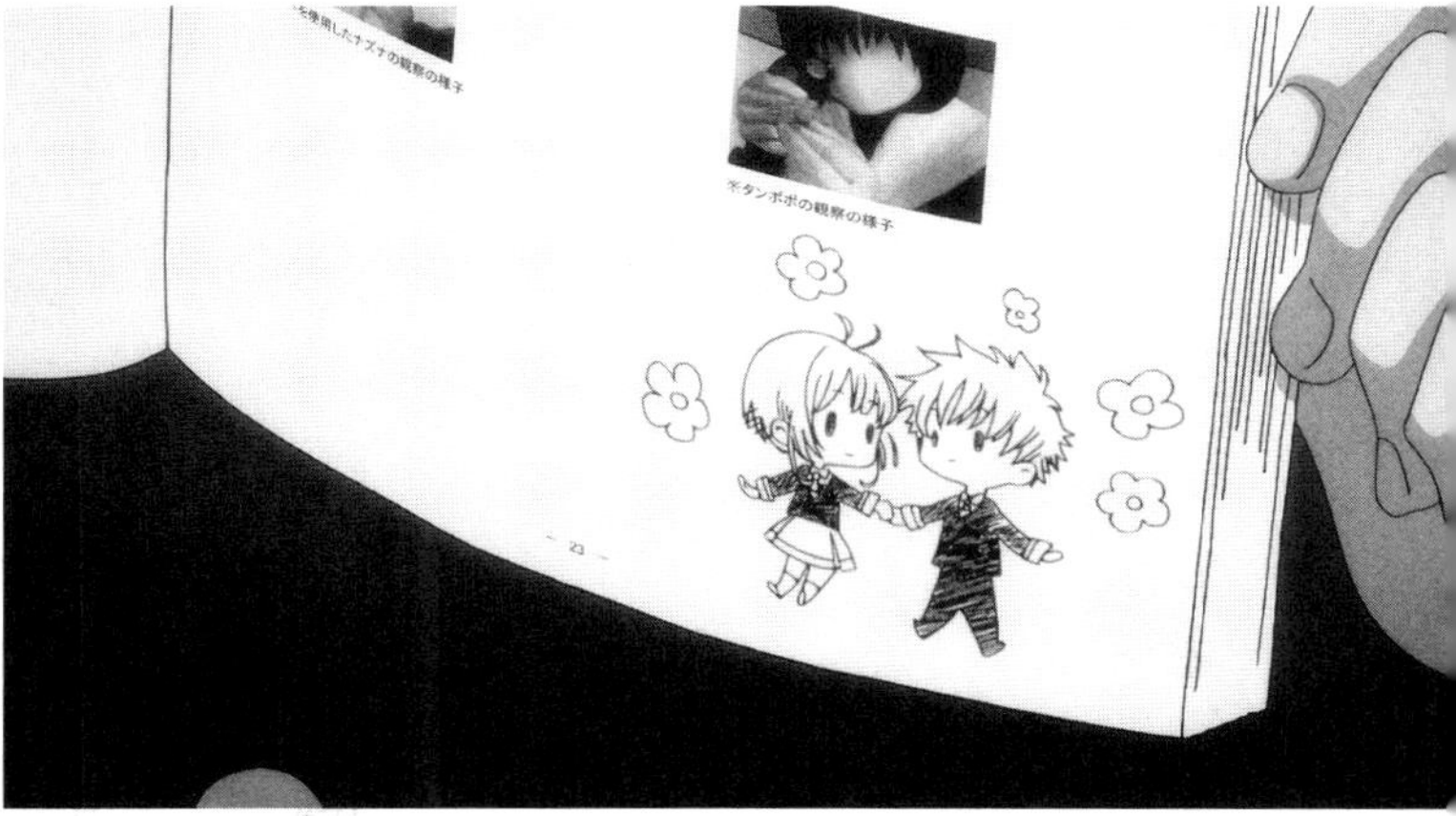

を使用したナズナの観察の様子
※タンポポの観察の様子
－ 23 －

「ほえええーっ！」

恥《は》ずかしくなって、さくらはつい、大きな声を出してしまった。

みんながいっせいに、さくらの方をふりかえる。

「どうした、木之本《きのもと》」

「す、すみません」

先生に聞かれ、さくらは真っ赤になりながら、謝《あやま》った。

授業中《じゅぎょうちゅう》なのに大声出しちゃって、恥ずかしいよう～！

それにこの絵……。

さくらは、教科書の隅《すみ》にかかれた絵を、あらためて見つめた。

小狼くんといるとき、私《わたし》、こんなうれしそうな顔してるのかなぁ……？

そう思ったらますます恥ずかしくなってきてしまった。

窓《まど》の外では、雨がさらにひどくなっていた。

下校時間になっても、雨は止《や》まなかった。

バケツをひっくりかえしたようなどしゃ降《ぶ》りの中、さくらは知世とともに、友枝中央公《ともえだちゅうおうこう》園《えん》の前を歩いていた。

あちこちに大きな水たまりができている。

「結局、止まなかったね」

と、さくらはため息交じりに言った。

「せっかく、初めての部活日でしたのに」

「でも入部届《にゅうぶとどけ》は出せたし。中学でもがんばるよ。知世ちゃんもコーラス部のコンクールとか発表会とかあったら、絶対《ぜったい》教えてね」

「もちろんですわ。でも今日は李くん、いっしょに帰れなくて残念でしたわね」

「うん……」

さくらがそう言うと同時に、雨の勢《いきお》いがざあああっと一気に強くなった。

「わあ！」

まるで滝《たき》つぼの中に放りこまれたみたいで、今にも折《お》りたたみ傘《がさ》が折れてしまいそうだ。

「あそこ！」

さくらは公園内の東屋《あずまや》を指さした。

「雨宿りしよう！　このままじゃ帰れないよっ！」

雨の中をかけて、なんとか、休憩所《きゅうけいじょ》になっている東屋の中へとにげこむ。

「すごい雨だね」

「少しも先が見えませんわ……」

ふたりは、外に目をやった。大量の雨が地面をたたき、うるさくて、大声で話さないとおたがいの声が聞きとれないほどだ。

「滝《たき》みたい……」

さくらがつぶやく。すると、その声に反応《はんのう》したかのように、さらに雨がひどくなった。

こんなにものすごい勢《いきお》いで雨が降《ふ》るなんて、ふつうじゃない。

「さくらちゃん、この雨……」

知世が言いかけて、さくらもハッと気がついた。

「もしかして……」

さくらは、胸《むな》もとの鍵《かぎ》を手に取った。

「鍵、光ってる……！」

鍵がぼんやりと光を放っているのを見て、さくらは息をのんだ。

「では、やはり……」

知世が真剣《しんけん》な面持《おも》ちで、うなずいた。

鍵が反応《はんのう》しているということは、この雨には魔法《まほう》の力が働いているということだ。

☆ ☆ ☆ ☆ ☆ ☆ ☆

知世が持ってきていた紙袋《かみぶくろ》の中には、なぜかレインコート風の衣装《いしょう》が入っていて、さくらは問答無用でお着がえをすることになってしまった。

膝《ひざ》まであるレインコートのような素材《そざい》の緑のワンピースに、同じデザインのレインブーツ。大きなフードにはカエルさんのような顔がついている。

「ほえええ、なんでお洋服……」

「休み時間に最後の仕上げをしようかと。学校に持ちこんでいてよかったですわ」

知世はうきうきとした様子で、ビデオカメラを構《かま》えた。

「ではさっそく、昨日練習した新しい決めポーズを！」

「う、うん」

さくらは、鍵《かぎ》をぎゅっとにぎりしめた。

「夢《ゆめ》の力を秘《ひ》めし鍵よ、真の姿《すがた》を我《われ》の前に示《しめ》せ！　封印解除《レリーズ》！」

鍵がぐぐっと長くのびて、杖《つえ》に形を変える。

さくらが杖を手にしたそのとき。

ポツポツと、さくらのフードに雨粒《あまつぶ》が落ちた。

「え？」

顔を上げる。

すると、雨が塊《かたまり》になって、まるで生き物のようにうねりながら、さくらに向かって
つっこんでくるところだった。

雨が、水のロープみたいに……！

さくらはなすすべなく、ロープ状《じょう》になった雨に拘束《こうそく》されてしまった。

そのまま空中に持ちあげられ、東屋《あずまや》の外に運ばれる。

なんとかのがれようと身をよじればよじるほど、雨のロープはさらに太くなって、さくらの体を締《し》めつけてくる。水流が、さくらの首まで上昇《じょうしょう》してきた。

水が……顔まで来たら……息が！

「きゃあぁ！」

知世が悲鳴をあげる。ハッと顔を向けると、知世まで、同じように雨のロープに拘束されてしまっていた。

「知世ちゃん！」

なにか、この雨を動かしてる力……！　なにかあるはず……！

そのとき、風がふいて、前髪《まえがみ》がゆれた。

ハッと気づいて、さくらはさけんだ。

「ゲール！」

ゲールのカードが、発光しながら、さくらのポケットからうきあがり、杖《つえ》にふれる。

実体化したゲールが、風を巻《ま》きおこしながら、カードから飛びだしていく。その風の勢《いきお》いで、雨のロープの拘束《こうそく》が断《た》ち切《き》られた。

自由になったさくらは、うねる水の動きを観察した。

雨のロープが後退《こうたい》していく先には、大きな水の塊《かたまり》があり、中でチカチカと光がきらめいている。

あそこだ！

さくらはすかさず、もう一枚《いちまい》のカードを発動させた。

「この水の源《みなもと》を包みこめ！　シージュ！」

カードから飛びだした白い大きな空間が、水の塊をたちまち中に閉《と》じこめる。

そして、ペンギン大王《だいおう》とよばれるすべり台のてっぺんに、収縮《しゅうしゅく》していった。

さくらはペンギン大王に向かって走り、杖《つえ》をかざして、封印《ふういん》の呪文《じゅもん》をとなえた。

「主《あるじ》なき者よ。夢《ゆめ》の杖のもと、我《われ》の力となれ！　固着《セキュア》！」

杖の星が光って、シージュの箱が消えていく。シージュの中でうごめいていた水が飛びだし、巨大《きょだい》な一羽《わ》の鳥の形となった。しかし、すぐにガラス状《じょう》になって動きを止める。

降《ふ》っていた雨も、固まって、結晶《けっしょう》のようになっていた。

パァ――ン……！

鳥や雨粒《あまつぶ》が音を立ててくだけちり、ダイヤモンドダストのように、あたり一面に降りそそぐ。はじけた中心に、一枚《まい》のカードが現《あらわ》れ、光を放ちながら、ゆっくりとさくらの手に落ちてくる。

ゲールやシージュと同じく、カードは透明《とうめい》に透《す》けていた。〝水源《アクア》〟――そして、〈ＡＱＵＡ〉と、文字がきざまれている。いつの間にか空は晴れわたり、おだやかな夕暮《ゆうぐ》れとなっていた。

なんとか、新しいカードを手にできて、ほっとしたのもつかの間。

「きゃあああ!!」

知世の悲鳴が響《ひび》きわたった。

「知世ちゃん！」

さくらは心配して、東屋《あずまや》にかけつけた。

知世は地面に膝《ひざ》をつき、ビデオカメラを持ったまま、ぷるぷると肩《かた》をふるわせている。

そして、涙声《なみだごえ》でさけんだ。

「さくらちゃんの勇姿《ゆうし》が、撮影《さつえい》できませんでしたわー！」

さくらは、がくっとずっこけてしまった。

でも、知世ちゃんにけががなくてよかった……と、安心してから、ハッと気がついて、ビデオカメラをのぞきこむ。

「ビデオ！　ぬれて大丈夫《だいじょうぶ》!?」

「こんなこともあろうかと！　わが大道寺《だいどうじ》トイズの開発部に、鉄壁《てっぺき》の防水《ぼうすい》加工をほどこしておいていただきましたから！」

キラキラな笑顔《えがお》を向けられ、さくらは再《ふたた》び、がくっとずっこけてしまった。

う～ん……知世ちゃんって、本当に変わってる……。

☆☆☆☆☆☆☆

家に帰って服を着がえたさくらは、小狼に電話をかけ、アクアをつかまえたことを報告《ほうこく》した。

ケルベロスは、机《つくえ》でゲームの攻略本《こうりゃくぼん》を読むのに夢中《むちゅう》になっている。

「ふたりともけががなくてよかった」

耳につけたイヤフォンの向こうから、小狼の声が聞こえてくる。

うん、とさくらは小さくうなずいた。

「これからも、なにが起こるかわからない。気をつけてな」

「うん……ありがと」

小狼はいつも、さくらのことを心配して、助けてくれる。その優《やさ》しさにふれるたび、さくらはいつも、温かい気持ちになるのだった。

「じゃあ、また明日《あした》」

「また明日」

電話を切ると、ケルベロスがぴゅーっと飛んできた。

「ほんま大変やったなぁ」

「持ってた二枚《まい》のカードでなんとかできてよかったよ。お家《うち》は、なんともなかったんだよね？」

「おう」

と、ケルベロスは元気よくうなずいた。

「とりあえずダンジョンクリアに三回かかったくらいや」

「……ちゃんと見張《みは》ってたの？」

透明《とうめい》になっちゃったカードたちのことわすれて、ずーっとゲームしてたんじゃないでしょうね!?

さくらにじとっとにらまれ、ケルベロスはむきになって言いかえした。

「失礼な！　三回でクリアできるんは、ワイがすごいからやで！　スッピーやったら五回はかかるな！」

「この前、通信でスピネルさんとゲームしてたけど、ケロちゃんより上手だったような……」

さくらは、この間、ケルベロスがスピネルとネット通信でいっしょにゲームをしていたときのことを思いかえした。

「ちょ！　やめ！　ワイだけ狙《ねら》うな！　わー、あかん！　うわー！　スッピー助けんかい！　回復魔法《かいふくまほう》使えやー！」

戦士のキャラクターを操作《そうさ》しながら、ケルベロスはそんなことを、ずっとわめいていた。

「……やっぱりスピネルさんに、助けてもらってたような……」

「記憶《きおく》ちがいや記憶ちがい！　ようあるこっちゃ、わはははー」

「うーん？」

納得《なっとく》いかず、さくらは首をかしげた。

「いやぁ〜、しかし、雨ぬれて大変やったな。風邪《かぜ》ひかんように、あったかぁしいや」

ケルベロスが、靴下《くつした》を持ってきてくれる。

「はーい」

さくらは、もこもこの靴下をはきながら、「そうだ。お兄ちゃんの晩《ばん》ごはん用意しとかなきゃ」と、つぶやいた。

もう夜もおそいのに、桃矢《とうや》はまだ帰ってきていない。

「今日も兄ちゃんおそいんか？」

「うん」

「大学行ってバイトも行って、毎日いそがしなぁ」

「お兄ちゃんこそ、風邪《かぜ》とかひかないといいけど……」

☆

そのころ、桃矢は、雪兎《ゆきと》とふたり、更衣室《こういしつ》で服をぬいでいた。

大学生になった桃矢は、雪兎とともに、『チロル』という洋菓子屋《ようがしや》でアルバイトをしているのだ。閉店《へいてん》までのシフトを終え、白シャツにベストの制服《せいふく》から、私服《しふく》へと着がえる。

桃矢が、へくしゅんっと、くしゃみをひとつした。

「大丈夫《だいじょうぶ》？」

と、雪兎が心配そうに聞く。

「……これは風邪じゃねぇな。だれかウワサしてるヤツだ」

「ほめてくれてるんだよ、きっと」

雪兎になだめられ、桃矢は、「うーん？」と納得《なっとく》できていない顔で首をひねった。

そのとき、雪兎のロッカーの中で、携帯電話《けいたいでんわ》が振動《しんどう》した。画面を確認《かくにん》すると、メッセージアプリの通知が入っている。さくらからだ。

『また不思議なことが起きました。新しいカードが……』

通知の内容《ないよう》を確認した雪兎は、心配そうな表情《ひょうじょう》になった。

「さくらからか」

「え……」

桃矢に言いあてられ、雪兎はおどろいて、ぱちぱちと目をしばたたいた。

「また、なんかわたわたしてんだろ、あいつ」

今の桃矢は、もう強い魔力《まりょく》は持っていないのに、どうして、さくらが困《こま》っていることがわかったのだろうか。

「なんで……」

知っているのか、と視線《しせん》で問う雪兎に、

「おまえもさくらも、顔に出すぎだ」

桃矢はそう答えると、ため息をひとつついて、雪兎の頬《ほお》をぐにっと引っぱった。

「ひょ、ひょーま？」

桃矢が手を離《はな》してやると、雪兎はのばされた自分のほっぺを痛《いた》そうにさすった。

「あと。おまえたちにわたした力はもうもどらないけど……新しく、できること、増《ふ》えたみたいだ」

「そうなの!?」

雪兎がおどろいて、聞きかえす。

「いねむりばっかしなくなっただろ」

「確《たし》かにそうだけど、……どんなことできるの？　とーや、いやなことじゃないの？」

桃矢は無言で、すっと、手を雪兎の顔の前にかざした。

雪兎が不思議そうな顔で、上目づかいに桃矢の指先を見る。

びしっ。

桃矢は、雪兎のひたいを、デコピンではじいた。

「ふえっ！」

痛がる雪兎をよそに、桃矢はロッカーの扉《とびら》を閉《し》めて、出口に向かった。

「ほら、さっさと着がえて帰るぞ」

「とーや……」

ひたいをおさえながら、抗議《こうぎ》半分に雪兎がつぶやく。

桃矢は、そんな雪兎から視線《しせん》をそらしながら、ぽつりとつぶやいた。

「……そんときになりゃ、わかる」


翌日《よくじつ》。

さくらは校庭で、初めての部活動に参加していた。

小学校のころからのチアリーディング経験者《けいけんしゃ》であるさくらは、ほかの部員たちが見守るなか、千春と組んでジャンプのお手本を見せることになった。

補助《ほじょ》についた千春に投げあげてもらい、空高く飛びあがって、宙返《ちゅうがえ》り半ひねりを披露《ひろう》する。

すたっと着地したさくらは、千春と背中合《せなかあ》わせになって、ポーズを決めた。

ぱちぱちと、周りから拍手《はくしゅ》があがる。

「さすが、友枝小学校《ともえだしょうがっこう》チア部」

顧問《こもん》の森《もり》先生にほめられて、さくらと千春は照れながら目を合わせた。

「今年の一年生は経験者《けいけんしゃ》が多いから、楽しみね。もちろん、初めての人も、いっしょにがんばりましょう」

「はい！」

と、みんなから元気のいい声があがる。

「じゃあ、今日はここまで。次の練習のとき、新しいユニフォームをわたしますね」

ユニフォームと聞いて、部員たちがわあっと色めきたった。

「おつかれさまでした」

「ありがとうございました！」

先生にあいさつを返して、部活動が終わる。

さくらは千春に声をかけた。

「手、痛《いた》くなってない？」

投げあげてもらうときに千春の手のひらに体重をかけるので、傷《いた》めていないか、いつも心配になるのだ。

「全然！　新しいユニフォーム楽しみだね！」

「うん！　どんなのだろ」

部室にもどろうと歩きだし、さくらはふいに足もとに違和感《いわかん》を覚えて、立ちどまった。

「ほえ？」

見ると、靴《くつ》ひもがほどけてしまっている。

しゃがみこんださくらを、千春がふりかえった。

「どうしたの？」

「靴ひもがほどけちゃって。先行っててて」

「はーい」

千春の足音が遠ざかっていく。

さくらは、靴ひもをきゅっときつく結びなおした。

「よし、できた」

立ちあがって、あたりを見回し、さくらはきょとんとして、立ちつくした。

だれもいなくなっているのだ。

「あれ……？」

さっきまで確《たし》かに、チア部のみんなや、ほかの部活の生徒たちでにぎわっていたのに。

「だれも……いない……？」

さくらは困惑《こんわく》して、きょろきょろとあたりを見わたした。

「ひょっとして、また……新しいカードのせいで、みんな消えちゃったのかな……」

胸《むな》もとから鍵《かぎ》を取りだすと、案の定、鍵はぼんやりと光っていた。

カードのせいなら、私《わたし》がなんとかするしかない……！

さくらは、鍵を手のひらにのせた。いつものように呪文《じゅもん》をとなえる。

「封印解除《レリーズ》！」

鍵から変化した杖《つえ》を、さくらはぎゅっとにぎりしめた。

周囲を警戒《けいかい》するが、なにかが起きる気配はない。

「……なにも、起こらない。でも、まだだれもいない。やっぱりカードの力は、働いてるんだ……」

杖《つえ》を出しただけでは状況《じょうきょう》は変わらなかったので、次はカードを使ってみることにする。

さくらは、手持ちの三枚《まい》のカードを手に取った。「ゲール」「シージュ」、そして「アクア」。

「どれか試《ため》してみよう。シージュは、なにを包めばいいのかまだわからないし……」

まずはゲールの風の力で、様子を探《さぐ》るのがいいだろう。なにが起こるかわからないので、威力《いりょく》は弱めにして発動させることに決め、カードを手に取る。

「ゲール！」

さくらがさけぶと、突風《とっぷう》とともにゲールが姿《すがた》を現《あらわ》した。

勢《いきお》いをコントロールしながら、無人の校庭に風を起こす。すると……。

バン！

とつぜん、風がさくらの方へ跳《は》ねかえってきた。

「わ！」

あわてて横に飛びすさってよける。

今の、なに？

風が、まるで透明《とうめい》な壁《かべ》に当たったみたいだった。

さくらは、もう一回、試《ため》してみることにした。

「ゲール！」

もう一度、同じ場所を狙《ねら》ってみる。

ところが、今度はなにかにぶつかることなく、そのままふきぬけていってしまった。

「え？　え？」

同じ場所を通っているのに、跳《は》ねかえされたり、されなかったり……いったい、どうなってるの？

「……動いてる？」

考えこんでいるさくらの後ろで、かすかに、なにかが移動《いどう》しているような気配がした。

目をこらすと、校庭のフェンスや校舎《こうしゃ》の一部が、少しゆがんでいるように見えた。

もしかして、あそこに、なにかいるのかも……。

さくらは急いで杖《つえ》を構《かま》えると、ゆがんで見える場所に向かって、ゲールを発動させた。

「ゲール！」

バン！

飛びだしていった風が、跳《は》ねかえされてもどってきた。

「やっぱり動いてる……」

あそこに、なにかがいる……！

すぐにもう一度同じ場所を狙《ねら》ってみるが、今度は返ってこなかった。

すぐに動きまわるから、気配をつかんでからゲールを使ったのでは間に合わない。

よく見えないし、いったいどうしたら……。

「あ！　もっと大きい範囲《はんい》の魔法《まほう》なら！」

思いついて、さくらは、アクアのカードを構《かま》えた。

「かくれし者のありかを我《われ》に教えよ！　アクア！」

実体化したアクアが姿《すがた》を見せると同時に、校庭全体に水しぶきを散らす。

水の動きを観察すると、一か所だけ、水滴《すいてき》が跳ねかえってくる場所があった。

「いた！」

さくらは、その場所めがけて、飛びこんだ。にげられる前に、急いで呪文《じゅもん》をとなえる。

「主《あるじ》なき者よ。夢《ゆめ》の杖《つえ》のもと、我《われ》の力となれ！　固着《セキュア》！」

杖の先に、クリスタルの結晶《けっしょう》が集まり、その中から大きな蝶《ちょう》の姿《すがた》が現《あらわ》れる。

パン、とあたりに結晶が飛びちり、蝶がいたところに、光るカードがうかんでいた。

カードがはらりと、さくらの手もとに落ちてくる。そこには〝反射《リフレクト》〟――そして〈REFLECT〉と、きざまれていた。

「……反射《はんしゃ》、リフレクト。だから魔法《まほう》を跳《は》ねかえしてたのね」

さくらが新しいカードに見入っていると、アクアのカードも手もとにもどってきた。

そういえば、と空を見上げると……。

ざばあっ！

頭上から、大量の水が降《ふ》ってきた。アクアがカードにもどったことで、アクアの水滴《すいてき》が、コントロールを失って丸ごと落ちてきてしまったらしい。

「ほえええ!!!　またびしょぬれに……」

「さくら!!　大丈夫《だいじょうぶ》か!?」

校舎《こうしゃ》の方からかけよってきたのは、小狼だ。

さくらが魔法《まほう》を使ったことで、なにかあったのだと気づいてくれたらしい。

「う、うん……」

ぽたぽたと髪《かみ》から滴《しずく》を落としながら、さくらはリフレクトのカードを小狼に見せた。

「また、新しいカードが……」

小狼はカードを気にするよりも先に、自分の上着をぬぎ、さくらに羽織《はお》らせた。

「早く着がえたほうがいい。風邪《かぜ》をひく」

「……うん」

さくらはうなずいて、上着の前をかきあわせた。

乾《かわ》いた上着が、ぬれたさくらの肌《はだ》から水分を吸《す》っていく。

体はずぶぬれだったけど、小狼の優《やさ》しさが胸《むね》にしみて、なんだかうれしかった。

☆ ☆ ☆ ☆ ☆ ☆ ☆

「ただいまー」

さくらが家に帰ると、すでに帰宅《きたく》していた藤隆《ふじたか》が、キッチンで夕飯の用意をしていた。

「おかえりなさい、さくらさん」

エプロン姿《すがた》でふりかえった藤隆に「ただいま」とあいさつを返すと、さくらはおずおずと切りだした。

「あのね、洗濯機《せんたくき》使っていい？」

「もちろん。だけど、どうしたの？」

「体操着《たいそうぎ》、ぬらしちゃって……」

「あれ？　今日、雨降《ふ》ったっけ」

藤隆が、不思議そうに首をかしげる。

「降ってないんだけど、ちょっと水まいてるときに、かぶっちゃって」

とっさに考えた言《い》い訳《わけ》を口にする。

藤隆がますます心配そうな顔になった。

「大丈夫《だいじょうぶ》？」

「すぐ着がえたから」

「夕飯までまだ時間あるから、お風呂《ふろ》、先入ったほうがいいね」

「そうする」

さくらはうなずいて、荷物を置くために二階に上がろうとした。

「今日はロールキャベツだよ。あとチキンライス」

藤隆の声が追いかけてきて、さくらはふりかえった。

「わー！　お風呂あがったら、お手伝いするね」

「ありがとう。でも気にしないで、ゆっくりあったまっておいで」

「はーい」

さくらは、うれしくなって満面の笑《え》みをうかべた。


「ただいま、ケロちゃん」

自分の部屋に入ると、

「おっかえりー」

ゲームをしていたケルベロスが、出迎《でむか》えてくれた。

いつもなら、帰ってきたらまず制服《せいふく》から部屋着へと着がえるさくらが、今日は着がえを手に持って部屋を出ていこうとするので、ケルベロスは首をかしげた。

「なんやさくら。どっか行くんか？」

「お風呂《ふろ》入っちゃおうと思って。ケロちゃんもいっしょに……」

言いながらくるりとふりかえったさくらは、ふいにめまいを感じて、前につんのめった。

「どないしたんや、さくら」

「あ……れ……」

くらくらと、頭の中がゆれる。

持っていた服が、ぱさりと床《ゆか》に落ちた。

さくらはそのまま、ねむるように意識《いしき》を失って——。

ハッと気がつくと、夢《ゆめ》に出てきた、あの真っ暗な空間に立っていた。

目の前には、フードのだれか。

——また……!?

どこからともなく、シャラシャラと、ガラスがぶつかるような音が聞こえてくる。

——あなたは、だれなの？　ここは夢なの？　それとも……。

フードのだれかは、さくらの質問《しつもん》には答えず、片手《かたて》をさくらへのばした。

さくらが首から下げていた鍵《かぎ》が、ぽうっと光を放って、ひもからはずれ、フードのだれかの方へ向かっていく。

「！」

鍵が取られちゃう！

「だめ！　行っちゃだめ」

さくらは鍵を追いかけて、手をのばした。

なんとか鍵を両手でかかえこんだが、鍵は、なおもフードのだれかの方へ行こうとする。

鍵《かぎ》ごと、ずるずると引きずられ、さくらは、フードのだれかの目の前まで引きよせられた。

「だめ！」

フードのだれかに、ぶつかりそうなところまで近づく。

そのとき、さくらはハッと気づいた。

「あ、あなたは……！」

☆ ☆ ☆ ☆ ☆ ☆ ☆

「さくら！」

ケルベロスの声で目を覚ますと、自分の部屋の床《ゆか》の上だった。

「……私《わたし》……」

さくらはゆっくりと体を起こした。

「急に倒《たお》れたんやで、びっくりしたわ！　どっか痛《いた》いとこないか!?」

ケルベロスが心配そうに、さくらの顔をのぞきこむ。

さくらは、ふらつく頭をかかえながら、つぶやいた。

「あの子……」

「さくら……？」

さくらは、今まで見ていた夢《ゆめ》の内容《ないよう》を思いだしていた。

目の前まで引きよせられた、フードのだれか。

「……背《せ》が……私《わたし》と、同じくらいだった」

☆☆☆☆☆☆☆

同じころ。

電柱の上に立ち、さくらの家を見下ろす人影《ひとかげ》があった。

さくらの夢に出てきた、あのフードのだれか。

さくらと同じくらいの身長だ。

風にあおられ、暮《く》れなずむ空を背景《はいけい》に、長いローブの裾《すそ》がはためく。

フードのだれかは、ものも言わず、じっとさくらの家を見つめつづけていた。

第四話　さくらとすてきな転校生

夢《ゆめ》でまたフードのだれかに会った、翌朝《よくあさ》。

さくらはいつものように、制服《せいふく》に着がえ、ぱたぱたとリビングダイニングに降《お》りていった。

「おはよ」

キッチンに立った桃矢《とうや》が、フライパンのパンケーキをひっくりかえしながら、こっちを見ずにあいさつしてくる。

「……おはよう」

元気のない声に、「ん？」と桃矢がふりかえった。

さくらが、ぼんやりと座《すわ》っているのを見ると、「なんだ、ぽやぽやして」と軽口をたたく。

「腹《はら》でも出して寝《ね》たか」

「出してないもん！」

さくらは、むっとして反論《はんろん》した。桃矢は手もとのフライパンへと視線《しせん》をもどすと、

「何枚《なんまい》？」

と、聞いた。パンケーキの枚数だ。

「三枚！」

さくらは、指を三本びしっとつきだして答えた。

フライパンの上にじゅっと生地《きじ》を落として、桃矢が新しくパンケーキを焼きはじめる。

さくらは、桃矢が用意しておいてくれたマグカップを手に取った。

今朝は、藤隆《ふじたか》にまだ会っていない。

「お父さんは？」

桃矢の方をふりかえって聞くと、「早朝会議」と、短い返事が返ってきた。

「いそがしいね、最近」

と、さくらは眉《まゆ》をくもらせた。

「体、大丈夫《だいじょうぶ》かな」

「そう思うなら、心配させんなよ」

桃矢に言われ、「ほえ？」とさくらは首をかしげた。桃矢はさくらに背《せ》を向け、フライパンの上でパンケーキを手早くひっくりかえしながら、

「なんか、ぬれて帰ってきたんだって？」

と聞いた。

「ちょっとだけ。でも、すぐお風呂《ふろ》入ったし」

「けど、腹《はら》は出して寝《ね》たと」

「出してない！」

さくらはびしっと抗議《こうぎ》したが、桃矢はどこふく風だ。

桃矢はテーブルの上にことんとお皿を置いた。野菜やソーセージのそえられた、焼きたてのパンケーキが三枚《まい》。てっぺんには目玉焼きがのっている。

「いただきます」

さくらが食べはじめると、桃矢も自分の分のパンケーキがのったお皿を片手《かたて》に席につい
た。それから、さくらのことを、じーっと見つめてくる。

「な、なに？」

気《け》おされて、さくらがたずねると、桃矢はふっと表情《ひょうじょう》をゆるめた。

「まだ、……か」

「なにが？」

聞きかえしたさくらには答えず、桃矢はふうとため息をつくと、自分のお皿からさくら
のお皿へとブロッコリーをうつした。

「それ食って、でかくなれ」

「え！」

「昔、電柱くらいでかくなるって言ってただろ。ほれ、これもやる」

そう言って、ひょいっとブロッコリーをもうひとつ、さくらのお皿へと移動《いどう》させる。

「ブロッコリーきらいなだけでしょー!!」

と、さくらはぎゅっとフォークをにぎりしめておこった。

まったくもう、お兄ちゃんはあいかわらずなんだから！

だけど、まだかって……いったい、なんのことなんだろう？

☆ ☆ ☆

「さくらちゃんのお兄さん、おもしろいよねー！」

さくらから、桃矢との朝のやりとりを聞いた千春《ちはる》は、そう言ってけらけらと笑った。

「いじわるなだけだよ」

と、さくらがぷんぷんおこりながら言う。

「パンケーキはいかがでした？」

「それはおいしかったけど……」

知世《ともよ》に聞かれて、さくらはもにょもにょと答えた。

話していると、守田《もりた》先生が教室に入ってきた。

「おはようございます。みんな、席についてねー」

「はーい」

元気よく返事をして、みんなが席につく。

守田先生は教壇《きょうだん》に立つと、ぐるりとみんなを見回した。

「さて、今日は新しいクラスメイトを紹介《しょうかい》します。詩之本《しのもと》さん」

そう言って先生が、教室の入り口に目をやる。

姿《すがた》を見せたのは、ふんわりした雰囲気《ふんいき》の女の子だった。ブルーグレーの優《やさ》しげな瞳《ひとみ》。ミルクティーのような色をした髪《かみ》を肩《かた》の下までのばして、毛先をくるりと内巻《うちま》きにしている。

教卓《きょうたく》の横まで歩いてきて立ちどまる。

先生に自己《じこ》紹介をうながされ、

「詩之本秋穂《あきほ》です。よろしくお願いします」

と、秋穂は教室のみんなに向かって、ぺこりと頭を下げた。

みんなが、わあっと拍手《はくしゅ》した。

「みんな、友枝中学校《ともえだちゅうがっこう》のこと、色々教えてあげてね。あと、日直や当番に詩之本さんが入るのは来週からで。名簿《めいぼ》をなおしておくので確認《かくにん》してください。課外授業《かがいじゅぎょう》の希望だけど
――」

守田先生が話しているのを聞きながら、さくらは、秋穂のことをじーっとながめてしまった。目が合った秋穂が、にっこりとほほえみかけてくれる。

さくらはうれしくなって、秋穂に負けないくらい、満面の笑《え》みを返した。

「かわいい方ですね」

となりの知世が、小声でささやく。

「うん、すごく」

なかよくなれそうな気がする！

☆☆☆☆☆☆☆

その日の、お昼休み。さくらは、さっそく秋穂をランチに誘《さそ》った。

中庭のいつもの場所に行くと、小狼《シャオラン》と山崎《やまざき》、千春そして奈緒子《なおこ》は、すでにシートを敷《し》いて座《すわ》っていた。

「ごめんね、おそくなって」

さくらが声をかける。

「大丈夫《だいじょうぶ》ー」

「あれ？」

顔を向けた奈緒子が、秋穂に気づく。秋穂が、ふんわりとほほえんだ。

「こんにちは」

「こんにちは。話題の二組の転校生さんかな」

おっとりと言った山崎に、「話題になってるの？」と、千春がたずねる。

「うちのクラスの子も、のぞきに行ってたよ」

と、奈緒子が答えた。

「いっしょにお昼食べようって誘《さそ》ったの」

さくらが説明すると、山崎が「どうぞどうぞ」と、あいているところを手でうながした。

みんなが、持参したお弁当《べんとう》をそれぞれ広げる。秋穂のお弁当は、手作りのサンドウィッチだ。

お弁当を食べながら、みんなで秋穂に色々と質問《しつもん》をした。秋穂は、友枝中学校に来るまで、海外をあちこち転々としていたらしい。

「え!?　香港《ホンコン》にいたのか」

と、香港出身の小狼が、最初に反応《はんのう》した。

「はい。日本《にっぽん》に来る前は」

「その前はフランスで、その前はドイツで、あと……」

さくらが秋穂の代わりに、さっき聞いたばかりの秋穂のことを紹介《しょうかい》した。

「イタリアとイギリスにも、いらしたと」

知世がおっとりと補足《ほそく》する。

「すごいね」

奈緒子が感心したように言った。

「なので、日本語が正しいかどうか心配で……」

秋穂がちょっと困《こま》ったように言うと、さくらが、

「大丈夫《だいじょうぶ》！」

と、自信たっぷりに励《はげ》ました。

「でも、敬語《けいご》じゃなくてもいいのに。同い年だし」

千春に言われ、「勉強したのがこれで……」と秋穂は苦笑《くしょう》して答えた。

山崎が「敬語といえば！」と、楽しそうに話しはじめる。

「基本《きほん》、目上の人とか年上の人に使うよね。でも日本のある地域《ちいき》では、年上の人が年下に敬語を使うところがあってね。とても礼儀《れいぎ》にきびしい人たちだそうで、敬語の使い方をまちがえるとすごくおこられてしまうそうだよ。こわいね、こわいね、こわすぎるよね～」

「最近、山崎くんのうそ、雑《ざつ》なんだけど……」

あいかわらずのでたらめな豆知識《まめちしき》を披露《ひろう》する山崎に、千春がぼそりとつっこむ。

しかし、さくらと小狼は疑《うたが》うことなく信じこんでしまい、緊張《きんちょう》した表情《ひょうじょう》で「気をつける！」と声をそろえた。

秋穂も同じように真剣《しんけん》な表情で、

「気をつけます！」

と、こぶしをにぎりしめている。

「犠牲者《ぎせいしゃ》が増《ふ》えちゃったじゃないのよ！」

千春が、山崎の襟首《えりくび》をつかんで、がくがくとゆさぶる。山崎は「あははは」とうれしそうだ。

あいかわらずのふたりのやりとりを、奈緒子と知世が、ほほえんで見守っていた。

みんなで楽しく昼食を食べおえ、お弁当箱《べんとうばこ》を片《かた》づけていると、秋穂がふいに思いだしたように言った。

「あ、私《わたし》、先生のところにうかがわないと……」

「教員室ですか？」

知世に聞かれ、はい、と秋穂がうなずく。

「場所わかる？」

千春が聞くと、秋穂はふるふると首をふった。

「案内するよ」

さくらが笑顔《えがお》で立ちあがると、秋穂は困《こま》ったように遠慮《えんりょ》した。

「でも、まだお昼休み時間、残ってますのに」

「案内させて」

と、さくらが手を差しのべる。

秋穂ははにかんで、その手をにぎりかえした。

「ありがとうございます」

「なんだかほっこりしちゃうねー、あのふたり」

歩いていくさくらと秋穂を見送りながら、奈緒子が言う。

「まだ少ししかお話ししてないけど、いい子だよ、秋穂ちゃん」

「本当に」

千春の言葉に、知世もうなずいた。

「素直《すなお》だしねぇ」

山崎が同意すると、千春がぎろりと山崎をにらんだ。

「そんな子にうそついてっ！」

「あはははは」

笑ってごまかす山崎に、「なんか笑い方も雑《ざつ》！」と千春がますますおこる。

なごやかな空気のなか、小狼だけがいぶかしげなまなざしで、さくらとなかよく歩いていく秋穂の後《うし》ろ姿《すがた》を、じっと見つめていた。

☆　☆　☆

さくらは秋穂を案内して、廊下《ろうか》を歩いていた。

「お弁当箱《べんとうばこ》、あずけてしまって……」

と、知世たちのことを気にしている秋穂に、「大丈夫《だいじょうぶ》！」とほほえみかける。

「知世ちゃんと千春ちゃん、ちゃんと教室まで持っていってくれるよ」

「みなさん、優《やさ》しいです……」

秋穂がうれしそうにつぶやく。大好きなお友だちをほめられて、さくらは自分までうれしくなってしまった。

「うん！　みんな本当に優しいの」

「さくらさんも」

「え、私《わたし》？」

きょとんとしたさくらを見つめ、秋穂はこくこくと大きくうなずいた。

「優《やさ》しいです」

面と向かって言われると、照れてしまう。気恥《きは》ずかしさから、さくらはごまかすように話題を変えた。

「そういえば、似《に》てるよね。私と秋穂ちゃん」

「え？」

「木之本桜《きのもとさくら》」

と、さくらは自分を指さし、続いて秋穂のことを指さした。

「詩之本秋穂ちゃん。なんとなく、似てる。特に名字」

「本当ですね」

秋穂がうれしそうに笑ってうなずく。

名前だけでなく、ふたりは背丈《せたけ》もほとんどいっしょだ。

「私、さくらさんとなかよくなりたいです」

言われて、さくらはぱっと笑顔《えがお》になった。

「私《わたし》も！」

私も同じこと思ってた……秋穂ちゃんと、なかよくなりたいって！

秋穂が、右手を差しだす。

「よろしくお願いします。さくらさん」

「よろしくお願いします！」

さくらは元気よく、その手をにぎりかえした。

それから、顔を見合わせて、ほほえみあう。階段《かいだん》の踊《おど》り場《ば》に作りつけられた窓《まど》から、やわらかい日差しが降《ふ》りそそいで、ふたりを暖《あたた》かく包みこんでいた。


午後の最初の授業《じゅぎょう》は、国語だった。

席に座《すわ》っていた秋穂が、緊張《きんちょう》した様子で、後ろの席のさくらと知世をふりかえる。

「国語、緊張します……」

海外を転々としていた秋穂は、日本語に自信がないと言っていた。

「なにかわからないことがあったら、聞いてくださいね」

と、知世がほほえんで答えた。

「頼《たよ》りないかもだけど」

さくらがつけくわえると、秋穂は首をふって「よろしくお願いします」と笑《え》みを見せた。

守田先生が、教科書を確認《かくにん》しながら、黒板に問題を書いていく。

「前回と同じく、今日も四字熟語《じゅくご》についてね」

・一騎当□
・一切□切
・一触即□
・一□瞭然

「このあいているところを、埋《う》めてください。じゃあ……」

名簿《めいぼ》に目を走らせた守田先生が、生徒たちを順番に指名する。

「小野《おの》さん、遠見《とおみ》さん、和田《わだ》さん、木之本さん。前に来て」

「ほええええ……」

当たっちゃった……。

にわかに緊張《きんちょう》するさくらに、

「応援《おうえん》してます！」

と、秋穂が声をかける。知世も励《はげ》ますようににこにこと笑顔《えがお》を向けた。

「が、がんばる……」

おずおずと、黒板の前に進みでる。

さくらが当てられたのは、「一□瞭然」の問題だ。

むー。いち、ナントカ、りょう、ぜん……いちもくりょうぜん、かなぁ？

とまどいながらも、「目」の字を書き入れる。

ほかの生徒たちも、なんとか答えを記入しおえたようだ。

答えを確認《かくにん》した守田先生が「みんな正解《せいかい》です！」と声をあげると、クラスメイトたちがぱちぱちと拍手《はくしゅ》してくれた。

答えは、一騎当千《いっきとうせん》、一切合切《いっさいがっさい》、一触即発《いっしょくそくはつ》、一目瞭然《いちもくりょうぜん》。

席にもどると、秋穂と知世が小さな拍手で迎《むか》えてくれて、さくらは照れながらもうれしかった。

ふと、窓《まど》の外に目をやると、中庭にある樹木《じゅもく》が、動いた気がした。

ざわざわと枝《えだ》がゆれている。

風かな？　と、注意して見てみる。

すると、樹木が地面から根元ごとずぼっとぬけでた。

「ほえっ!?」

つい大声をあげてしまい、みんなの注目を集めてしまう。

「ご、ごめんなさい……」

謝《あやま》りながら、さくらはすごすごと着席した。

なんか、今、木がよいしょって動いた気がしたんだけど……気のせい、だよね。大声出しちゃって、恥《は》ずかしい〜っ。

「どうなさいました、さくらちゃん？」

知世が気にかけてくれる。

でも、説明に困《こま》って、口ごもってしまった。

なにも気づかない秋穂が、

「さくらさん、四字熟語《じゅくご》、一発解答《かいとう》すごかったです」

と、みごと正解したことをほめてくれる。

「ううん、予習してあったから……」

照れながら返しつつ、さくらはなにげなく、また中庭に目をやった。

ボコッボコッボコッ！

今度は、三本の樹木《じゅもく》が次々地面から飛びだした。

「ほええっ!?」

さけんでから、ハッと気がついて口もとをおさえるが、もうおそい。

またもクラス中の視線《しせん》を浴び、さくらは小さくなって謝《あやま》った。

「ご、ごめんなさ……」

言いながらそっと外を見ると、さらにすごいことが起きていた。

何本もの木が、中庭でうねうねと動きまわっているのだ。

「ほえええええええ！」

やっぱり、見まちがいじゃない！　木が動いてるよ～っ!!

「どうしたの、木之本さん！」

さすがに守田先生も心配そうな顔だ。

説明できずに、あわあわとしてしまう。

「!!　……あ、あの、あの……」

助けを求めて、知世を見る。

知世がさくらの方に耳を寄《よ》せてくれ、さくらは顔を近づけて、ひそひそと話した。

「また変なことが、外で……」

それだけで、なにが起きたかを察したのか、知世がすっと手を上げた。

「先生。木之本さん、具合がよくないそうです」

ええっ、具合がよくないって……!?

一瞬《いっしゅん》びっくりしたさくらだが、おくれて知世の意図を理解《りかい》し、うーっとおなかをおさえる演技《えんぎ》をする。

「だ、大丈夫《だいじょうぶ》?」

守田先生が、わざとらしく苦しむさくらを心配してくれる。

「あの……はい……いえ」

うそが下手であたふたとするさくらの横で、知世がするりと言った。

「医務室《いむしつ》にお連れしていいですか」

「大道寺《だいどうじ》さん、保健委員《ほけんいいん》だったわね。ふたりで大丈夫?」

「はい」

うなずいた知世は、机《つくえ》の横にかけていたトートバッグを持つと、さくらを支《ささ》えた。

「行きましょう」

さくらは、こくこくとうなずき、おなかをおさえながら知世についていった。

秋穂が、心配そうにさくらを見ている。

うう、秋穂ちゃん、ごめんね……。

不思議なことが起きているとはいえ、本当はうそなんてつきたくない……けど、本当のことは言えないし。

そのまま知世に支《ささ》えられて廊下《ろうか》を歩き、しばらく行ったところで立ちどまった。知世がきょろきょろと周囲を確認《かくにん》する。

「……どなたもいらっしゃいませんわ」

さくらはおなかをおさえる演技《えんぎ》をやめると、はうー、と知世に謝《あやま》った。

「まだ授業中《じゅぎょうちゅう》なのに、知世ちゃんまでごめんね！」

「お気になさらず。緊急事態《きんきゅうじたい》のようでしたので。でも、とつぜんどうなさったんですか？」

「中庭の木が動いたの！」

と、さくらは一生懸命《いっしょうけんめい》説明した。

「最初は、一本だけ、一本だけよいしょって感じだったけど！　次は何本も何本も！」

「それは、やはりまた……」

「うん、新しいカードになるのかも……」

さくらが言うと、なぜか知世が「おほほほほ」と謎《なぞ》めいた笑《え》みをうかべた。目もらんらんとかがやいている。

「ついに、『あのセリフ』を言うときが来ましたわね」

「……ほえ？」

あのセリフ……って、いったいなに？

☆ ☆ ☆ ☆ ☆ ☆ ☆

「ほええええええ……」

階段《かいだん》の陰《かげ》で、さくらはなぜか、お着がえをさせられた。

満足げにビデオカメラを構《かま》えた知世が、色々な角度からさくらをくまなく撮影《さつえい》する。

「『こんなこともあろうかと』持ってきておいたコスチュームと、『こんなこともあろうかと』持ってきたビデオカメラが役に立ちましたわ!!」

知世はすっかりご満悦《まんえつ》だ。

本日のコスチュームは、蓮《はす》の花をイメージした中国風の衣装《いしょう》だった。蓮の花の刺繍《ししゅう》がほどこされたチュニックと、おそろいの柄《がら》の少し丈《たけ》の短いズボン。髪《かみ》かざりや靴《くつ》も、蓮の花がモチーフになっている。

「なんでカバン持ってるんだろうって思ったら、こういうことだったんだね……」

「さくらちゃん、こう、ふわっと回ってくださいな！」

「こ、こう？」

知世のリクエストどおりにくるっと回ってみせると、ワンピースの裾《すそ》がふわりと広がった。

「ん――……完璧《かんぺき》ですわー!!」

と、知世は大興奮《だいこうふん》で前のめりになった。

「あと、こう、裾《すそ》をお持ちになって！」

知世に次々ポーズのリクエストをせまられ、さくらは「ほええ……」と困《こま》ってしまった。

と、そのとき。

ボコォッ！

すさまじい音と震動《しんどう》が、外の方から来た。

渡《わた》り廊下《ろうか》にかけこんだふたりは、ハッと立ちどまった。

中庭の木がなくなって、木が生えていた場所に穴《あな》があいているのだ。

「さくらちゃん！」

知世に声をかけられ、校庭の方を見ると……樹木《じゅもく》たちが行列を作り、根っこを足のようにあやつって、ずんずんと行進していた。

「わあ！」

木が歩いてる!?

こんなの、だれかに見られちゃったら、大変だよ〜っ！

さくらはあわてて、樹木のあとを追いかけた。

樹木たちは、駐車場《ちゅうしゃじょう》にある裏門《うらもん》に向かい、門の鍵《かぎ》をこじ開けようとしていた。

「学校の外に出ちゃう！」

さくらはあわてて、夢《ゆめ》の鍵を取りだした。

「夢《ゆめ》の力を秘《ひ》めし鍵《かぎ》よ。真の姿《すがた》を我《われ》の前に示《しめ》せ！　封印解除《レリーズ》！」

杖《つえ》を手に持つと、さくらは手持ちのカードを確認《かくにん》した。

ゲール、シージュ、アクア、そしてリフレクト。

「アクア……は、木にお水あげたら、もっと元気になって走っていっちゃう気がする。

だったら……」

さくらは、シージュのカードを選んで投げあげ、杖を構《かま》えた。

「シージュ！」

カードから、箱形の白い空間が飛びだし、行進していこうとする樹木《じゅもく》たちを、さくらもろとも中に閉《と》じこめた。

「これで外に出ない……」

と思ったのだけど……。

どしん！

樹木たちはめげずに、壁《かべ》に体当たりして、強行突破《きょうこうとっぱ》しようとする。

「わあ！　ま、待って！」

ミシミシと、シージュの箱がゆれる。このままでは、壊《こわ》されてしまうのも時間の問題だ。

さくらは、シージュに向けて杖《つえ》をかざした。

「その身をやわらかく変えよ！」

すると、シージュの壁《かべ》が、ふわっと発光して、だるんとゴムのようにやわらかくなった。

しかし、樹木《じゅもく》たちは止まらない。びよーんと壁を長くのばしながら、あくまで前へ進もうとする。

「わあ〜。このままだと、破《やぶ》れちゃう……！」

さくらはあせりながら、樹木たちの様子を観察した。樹木たちは、根っこを足の代わりに動かして前進している。

と、いうことは。

根っこの動きを止められれば、行進は止まるはずだ。

「ひょっとして……あのカードなら。……でもちがったら……」

さくらがためらっている間にも、シージュのゴムの壁《かべ》はどんどんのばされていく。今にも破《やぶ》れてしまいそうだ。

やるしかない！

決心したさくらが構《かま》えたのは、アクアのカードだ。

「水よ、木に満ちて彼《か》の者のとどめとなれ！　アクア！」

水でできた大きな鳥が、実体化してカードから飛びだした。

ばさっと大きくつばさを広げると、体がはじけて大量の水になる。

樹木《じゅもく》たちは、あっという間に水にのまれた。懸命《けんめい》に、足である根っこをバタつかせるが、ふみとどまることはできない。

樹木たちの行進が止《や》み、のびきっていたシージュが元の大きさにもどる。

「今だ！　我《われ》に道を開けよ！」

さくらが呪文《じゅもん》をとなえると、杖《つえ》の星が光を発した。シージュの中に満ちていた水が左右に割《わ》れ、道ができる。

さくらはその道を、かけぬけた。さくらをつかまえようとのびてくる木の根をかわし、飛びあがって杖《つえ》をふりあげる。

「主《あるじ》なき者よ。夢《ゆめ》の杖のもと、我《われ》の力となれ！　固着《セキュア》！」

すると、樹木《じゅもく》たちを動かしていたカードの力が、無数のガラスの破片《はへん》へと姿《すがた》を変えていった。

破片はさくらの頭上へと集まって、ひとつの大きな結晶《けっしょう》となっていく。結晶の中には、かみあったいくつかの歯車が見えた。

パリィン……！

結晶がくだけちり、一枚《まい》のカードがさくらの手もとへと降《お》りてきた。歯車の柄《がら》の上下に〝行動《アクション》〟――そして、〈ＡＣＴＩＯＮ〉と文字がきざまれている。

同時に水も引き、アクアのカードへともどっていく。シージュも収縮《しゅうしゅく》してカードにもどった。

「さくらちゃん！」

ビデオカメラを構《かま》えた知世が、あせった様子で走りよってくる。

さくらはほっとして、知世にカードを見せた。

「やっぱり、カードだったよ」

しかし、知世は、あせったような表情《ひょうじょう》のままだ。目に涙《なみだ》までうかべている。

「せっかく！　あのセリフを言えましたのに！　衣装《いしょう》とビデオは完璧《かんぺき》でしたのに！　魔法《まほう》に包まれたさくらちゃんを撮影《さつえい》する方法は、用意してませんでしたわー！」

「ほえええええ！」

た、確《たし》かにシージュに包まれていたから、外からだと、うまく撮影できなかったかもしれないけど……。

あいかわらずの知世ちゃんに、さくらはすっかりあっけにとられてしまったのだった。

☆ ☆ ☆ ☆ ☆ ☆ ☆

その日の放課後。

さくらは一度家に帰り、ケルベロスを連れて雪兎《ゆきと》の家へと向かった。新しいカードのことを、相談するためだ。

訪《たず》ねていくと、雪兎はすぐに、ユエに交代してくれた。居間《いま》で、テーブルをはさんで向かいあう。

テーブルの上には、湯飲みが三つ。そして、今日つかまえたばかりのアクションのカードがあった。

「もう大変だったよ」

と、さくらはほとほとつかれきって言った。

「カードをつかまえるときも、木をもどすときも、だれかに見られるんじゃないかって」

「勝手にもどらんかったんかい」

「もどんなかったの！」

勢《いきお》いよく言って、さくらはアクションのカードを見せた。

「もう一回このカードを使って、移動《いどう》させたんだよ！」

アクションがカードになったとたん、樹木《じゅもく》たちはその場に根を下ろして、ただの木にもどってしまった。元の場所にもどすため、さくらは手に入れたばかりのアクションのカードを再《ふたた》び発動させ、樹木たちをそろそろと静かに歩かせて、だれにも気づかれないよう誘《ゆう》導《どう》しなければならなかったのだった。

「あ、でも、撮影《さつえい》ができなかった魔法《まほう》使うとこ撮《と》れてよかったって、知世ちゃんは喜んでたけど……」

「くそう。学校ついていっとったら、ワイの活躍《かつやく》もビデオに残せたのにっ」

くやしそうにわめきながら、ケルベロスがゴロゴロとテーブルの上を転がる。

「で。そのカードは結局、なにができるんだ」

ケルベロスをさらりと無視《むし》して、ユエが話を進めた。

「えっと……」

さくらは鍵《かぎ》を杖《つえ》に変えると、杖の先をアクションのカードにかざし、「アクション！」ととなえた。

すると、三人の湯飲みが、カタカタとふるえ、とつぜん、跳《は》ねるように動きだした。コースターもちょこちょこと動きはじめ、まるで湯飲みとコースターとでダンスを踊《おど》っているようだ。

「物が動かせるみたい」

「いや、これ使いどころどうやねん」

と、ケルベロスがあきれたように言う。

「ううーん」

しばし考えこんださくらは、あ！　と思いついた。

「お茶運ぶとき、楽！」

「ちっさ！　スケールちっさ！」

ケルベロスにバカにされ、さくらはむーっとむくれた。

「木だって動かせるんだよ！　ちっさくないもん！」

だまっていたユエが、カードをすっと手に取り、手をかざす。

「……やはり魔力《まりょく》は感じない。けれど、その鍵《かぎ》を使えば、力を使える」

言われて、さくらは手に持った杖《つえ》に目をやった。ユエが続けてつぶやく。

「……鍵は、その杖にあるのかもしれない」

この杖が、謎《なぞ》を解《と》く鍵……。

さくらはあらためて、杖をながめた。

「って、その杖は鍵でもあるから、『鍵は、その鍵にあるかもしれない』でもええんちゃうか」

ケルベロスが得意げに言うと、ユエがしらけたような顔になった。

「でもって、もうちょっとがんばったら、ダジャレになるんちゃうか……」

ケルベロスが大まじめに考えこむが、ユエはものすごくどうでもよさそうだ。

「鍵《かぎ》と鍵。鍵が鍵……」

なんとかダジャレにしようとがんばるケルベロスを尻目《しりめ》に、ユエがぼそりとつぶやいた。

「……代わる」

「え！」

おどろく間もなく、ユエの体がぱあっと明るい光を放つ。

光が消えると、そこには雪兎がいた。

「……あれ？　お話、終わったのかな」

「は、はい」

と、さくらはあわててうなずいた。

「いきなりあいさつもせんと変わりよってからに、ユエめ」

ケルベロスが、苦々しげに毒づく。

「ご、ごめんなさい」

雪兎が、あわてて謝《あやま》った。当然雪兎のせいではないので、さくらはふるふると、首を一《いっ》生懸命《しょうけんめい》にふって否定《ひてい》した。

「ユエもゆきうさぎくらい素直《すなお》やったらなー。って、素直なユエって、もうそれユエちゃうな」

ケルベロスが言うと、雪兎が、自分自身に投げかけるようにつぶやいた。

「そうなんだ。いつか会ってみたいなぁ、もうひとりの僕《ぼく》に」

「……雪兎さん……」

そっか。雪兎さんはユエさんだけど、ユエさんに会うことはできないもんね……。

さくらが表情《ひょうじょう》をくもらせたのを見て、雪兎は気持ちを切りかえるように明るく言った。

「お茶、冷めちゃったね。いれなおそう。あと、練りきりがあるよ。水まんじゅうも」

「やったー！」

甘《あま》いものが大好きなケルベロスが、ぴょんと飛びはねて喜ぶ。

「お手伝いします」

立ちあがったさくらに、雪兎は「ありがと」とほほえみかけた。

「いえーい！　あんこー！」

テーブルの上で、ぴょこぴょこと飛びはねて喜ぶケルベロスを残して、ふたりは台所へと向かう。

廊下《ろうか》を歩いていると、雪兎がくるりとふりかえった。

「あのね、さくらちゃん」

「はい」

「桃矢と、話した？」

今朝の桃矢とのやりとりを思いだし、さくらは「お兄ちゃん！」と、ぷんぷんおこりだしてしまった。

「朝から私《わたし》にブロッコリーおしつけて！　怪獣《かいじゅう》になれーなれーって、もう！」

ちょっとあっけにとられたような表情《ひょうじょう》になった雪兎は、「そっか」と相槌《あいづち》を打つと、優《やさ》しく目を細めた。

「やっぱり仲いいね、ふたりとも」

「よくないです！」

むきになって否定《ひてい》するさくらを、雪兎がくすくすほほえんで、見守る。

そのとき、さくらのポケットに入っていた携帯電話《けいたいでんわ》の着信音が鳴った。

「あ……」

画面を確認《かくにん》すると、そこには「小狼くん」の着信通知が表示《ひょうじ》されていた。

「電話？」

雪兎に聞かれ、さくらは「はい」とうなずいた。

「気にしないで出て。先に台所行ってるよ」

「ありがとうございます」

雪兎が、台所へと歩いていく。

「さくらです」

「今、大丈夫《だいじょうぶ》か？」

聞こえてきた小狼の声に、心がほっとなごんだ。

「うん。雪兎さん家《ち》におじゃましてたの」

「ユエの意見は？」

聞かれて、さくらは表情《ひょうじょう》を暗くした。

「……やっぱり魔力《まりょく》は感じないって。なにか新しく気づいたこともないみたい」

「そうか」

「エリオルくんの返事も、まだ来ないよ」

「……そうか」

透明《とうめい》なカードは増《ふ》えていくけど、まだまだわからないことだらけだ。どうしてこんなことが起きているのかも、透明になったさくらカードたちがどこへ行ってしまったのかも。

「わからないことばっかりだけど、私《わたし》にできることをやろうと思うの。まずは目の前のこと」

「さくらはすごいな」

小狼にほめられ、さくらは急に照れくさくなって、ぱぱぱっと手をふった。

電話だから、相手に見えるはずがないんだけど。

「すごくないよ、小狼くんのほうがすごいよ、ひとり暮《ぐ》らしがんばってて！　あ、そうだ。あのね……」

すーはー。

さくらは深呼吸《しんこきゅう》して、ドキドキしすぎてしまった気持ちを落ちつけてから、勇気をふりしぼって切りだした。

「今度、お弁当《べんとう》作っていっていい？」

「俺《おれ》の？」

小狼が、意外そうな声で聞きかえす。

「うん！　卵《たまご》こげないように練習したの！　でも、まだお兄ちゃんのほうがうまいんだけど……」

「ありがとう。楽しみにしてる」

「がんばる!!」

さくらは、携帯《けいたい》をぎゅっとにぎりしめた。

小狼のお弁当《べんとう》を作らせてもらえる。そう思っただけで、うれしさがこみあげてくる。

「なにか変わったことがあったら、連絡《れんらく》してくれ。夜中でもいいから」

「うん。……あの」

「なんだ」

さくらはちょっと赤くなりながら、小さな声で聞いた。

「……変わったことなくても、お電話、していい……？」

短い沈黙《ちんもく》のあと、やわらかな声で「いつでも」と返事が返ってきた。

「ありがとう、小狼くん！」

さくらは声をはずませた。

小狼の優《やさ》しさにふれるたび、さくらは胸《むね》がいっぱいになってしまうのだった。


小狼は、ひとり暮《ぐ》らしのマンションの自室で、さくらとの通話を終えた。

椅子《いす》に腰《こし》かけたまま、またすぐに、別のだれかへと電話をかける。

「ユエもケルベロスも、なにも気づいたことはなかったみたいだ。変わったことといえば、転校生が来たくらいで」

床《ゆか》をにらみながら、そんな報告《ほうこく》をする。

「転校生……。女の子なんだね」

小狼の電話の相手は、イギリスにいるエリオルだった。

「そうだ。魔力《まりょく》は感じなかった」

「占《うらな》いにも、そう出てるね」

エリオルはどうやら、カード占いをしながら、電話をしているらしい。

「ほかは？」

「なにも。さくらさんと気が合う、くらいかな。いい友だちになれそうな」

「……そうか」

小狼は、もどかしげに携帯電話《けいたいでんわ》をにぎりしめた。

「ほかに変わったことは？」

エリオルに聞かれ、小狼は重々しい口調のまま「また一枚《まい》、新しいカードが……」と答えた。

「……つらいだろうけど。今は、まだ」

なだめるようにエリオルに言われ、「わかってる」とうなずく。

「そのときのために、俺《おれ》はここに来たんだ」

かたい声で答えて、電話を終える。

チェストの上に座《すわ》らせたくまのぬいぐるみが、ふと目に入った。香港に帰る直前に、さくらに贈《おく》ったくまだ。

小狼は携帯《けいたい》をにぎりしめたまま、きびしい表情《ひょうじょう》で、くまを見つめつづけていた。

第五話　さくらとうさぎと月の唄《うた》

今日もいいお天気！

お休みの日の午後、さくらは、夕飯のお買い物へと出かけた。

さくらが、友枝中学校《ともえだちゅうがっこう》の一年生になってから、二週間以上たとうとしていた。数学はやっぱり苦手だけど、勉強も部活も楽しくて、いそがしい毎日を送っている。

通学路にしている遊歩道を通ると、この間まで満開だった桜《さくら》が、すっかり葉桜になっていた。葉や枝《えだ》の合間から差しこむ木もれ日がキラキラとかがやく。

「桜は散っちゃったけど、きれい。みんなでお花見、楽しかったな」

この間、みんなでやったお花見を思いだして、さくらはつぶやいた。

……小狼《シャオラン》くんもいっしょだったし。

心の中でつけくわえたら、なんだか照れくさくなってきてしまった。

去年の春は離《はな》れ離《ばな》れだったから……今年、小狼といっしょに桜《さくら》を見ることができて、さくらはすっごくうれしかったのだ。

「ええな、ええな、ええな～！　お花見ええな～！　ワイも行きたかった～！」

さくらの声を聞きつけて、ケルベロスがリュックサックの中から飛びだしてきた。

さくらはびっくりして周囲をきょろきょろ見わたした。

よかった、だれもいないみたい。

「ケロちゃん、お留守番《るすばん》でしょ。おみやげのお菓子《かし》たくさん食べて満足してたじゃない」

「それはそれ、これはこれや」

すねたように口をとがらせるケルベロスに、さくらはなだめるように言った。

「知世《ともよ》ちゃんや小狼くんだけなら、大丈夫《だいじょうぶ》だったんだけどね」

お花見をしているときに、カードが現《あらわ》れたから、確《たし》かに、ケルベロスにいてもらったほうがよかったかもしれない。

お花見をした公園に咲《さ》いていた一本の桜の木が、さくらの体をぐいぐいと磁石《じしゃく》のように引きよせようとしてきたのだ。それは桜《さくら》の木に宿った〝引力《グラビテーション》〟のカードのしわざだった。シージュを使って、なんとか無事にカードを封印《ふういん》できたからよかったけれど、あやうく楽しいお花見がめちゃくちゃになってしまうところだったのだ。

「そういや、転校生もいっしょやったんやろ」

「うん！　秋穂《あきほ》ちゃん！　おみやげのお菓子《かし》、秋穂ちゃんからだったんだよ！」

「よし！　その子はええ子や！」

ケルベロスが現金《げんきん》なことを言う。

「本当にいい子なの。あとね、みんなでお弁当《べんとう》食べたあと、知世ちゃんが歌ってくれて」

「おお、そりゃええな」

「ほんとすてきだったなー。録画しとけばよかったよ」

知世の美声を思いだし、さくらがうっとりとした顔になる。

「スマホあったやろ」

「あとで気づいたの。心の中で、今！　って思ったとき、すぐ記録とか録画できるものがあればいいよね」

さくらは、指でファインダーを作って、周りに向けた。

こうして、いつでも自由に、自分が残したいと思ったものを切りとって残せたら、きっととっても便利なのに。

「そしたらワイのグッドルッキングフェイスも、撮《と》りのがしなしやな！」

そう言って、ケルベロスがかっこつけたポーズを決める。ケルベロスは、写真やビデオを撮ってもらうのが大好きなのだ。

「ケロちゃんもスマホ、もらったでしょ」

「おう！」

ケルベロスが、リュックの中から、すちゃっと携帯電話《けいたいでんわ》を取りだした。ふつうのものよりふたまわりほど小さなスマートフォンと、ヘッドセット。以前、知世からもらったものだった。

「すごいよね。知世ちゃんのお母さんの会社、おもちゃだけじゃなくスマホもパソコンも発売してて」

「ヘッドセットも、ようできとるで」

「それでケロちゃん、ゲームばっかりしてるよね？」

さくらはちょっとあきれて言ったのだが、ケルベロスはむしろ誇《ほこ》らしげに胸《むね》を張《は》った。

「次はスッピーに勝つで!!　おっと！」

前方の人影《ひとかげ》に気づいたケルベロスが、さっとリュックサックの中にかくれる。

「あ！　秋穂ちゃんだ！」

道端《みちばた》の掲示板《けいじばん》の前に立っていたのは、秋穂だった。

「秋穂ちゃん！」

声をかけると、秋穂もさくらに気づいて、ぱっとうれしそうな顔になった。

「さくらさん！」

さくらは秋穂にかけよると、にこっとほほえんで、「こんにちは」とあいさつした。

「こんにちは。お出かけですか？」

「うん。夕飯のお買い物。秋穂ちゃんは？」

「私《わたし》もです。でも、引《ひ》っ越《こ》したばかりで、どこでお買い物したらいいのかわからなくて」

「じゃ、いっしょに行こうよ！　私、案内する！」

「ありがとうございます！」

いつも行くスーパーマーケットを案内することに決め、さくらは秋穂といっしょに歩きだした。

「お買い物は、いつも秋穂ちゃんが？」

「いえ、いっしょに住んでいる……」

「大事な人？」

さくらが聞くと、秋穂の顔がぽっと赤くなった。

「あ、はい。でもあの――、その人が、お買い物も……。だから、少しでもお手伝いできればと思って」

「えらいね！」

さくらが言うと、秋穂はぶんぶんと首をふった。

「これくらいしかできなくて……」

お花見のときに、秋穂はいっしょに住んでいる「大事な人」について話してくれた。小さいときからずっと秋穂のめんどうを見てくれている人で、血はつながっていないけど、すっごく大切な人だって。

「やっぱり秋穂ちゃん、その人のこと大好きなんだね」

さくらが言うと、秋穂はますます真っ赤になってしまった。

秋穂ちゃん、かわいいなぁ。きっと、その人のこと、とっても大事にしてるんだろうなぁ。

照れる秋穂を、さくらは笑顔《えがお》で見守った。

と、ふと、秋穂のカバンの持ち手に、うさぎのぬいぐるみが入った小さなバッグがかかっていることに気がついた。

「あ、かわいいうさぎさん」

目を閉《と》じた真っ白なうさぎさんで、右目の下に泣きぼくろがあった。首の周りにはふわふわの水色のファーが、マフラーのように、ぐるりと巻《ま》きついている。大きさは、ケルベロスの仮《かり》の姿《すがた》と同じくらいだ。

「ずっといっしょなんです。でも、学校に持っていっていいかわからなくて。お花見のときもいっしょにいたかったんですけど、子どもっぽいかもと……」

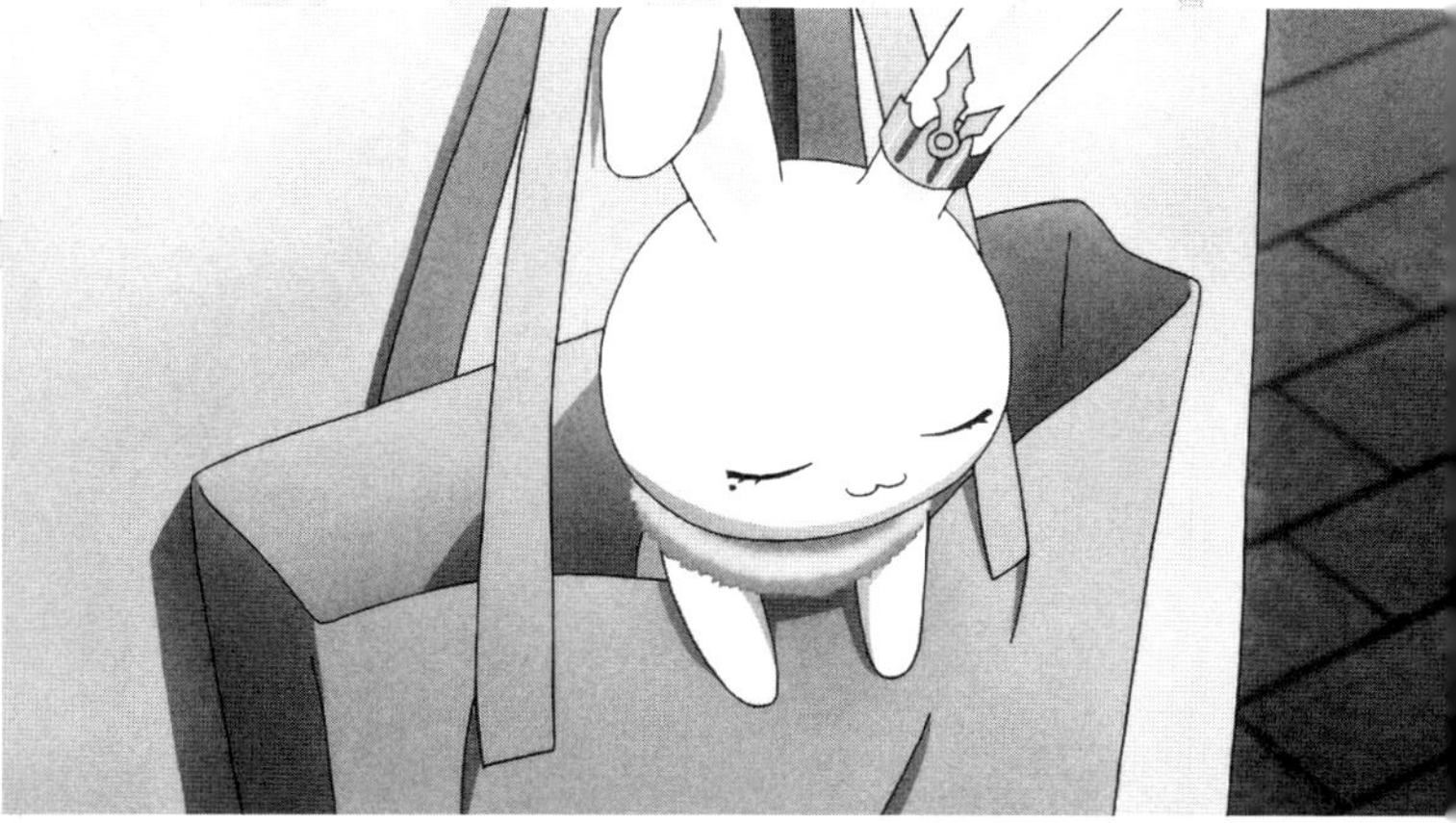

「全然！」

さくらはぶんぶんと首をふった。

「うちの学校そういうの大丈夫《だいじょうぶ》だし、みんなきっとかわいいって言ってくれるよ。私《わたし》も、ずっとケロちゃ……」

言いかけて、ハッと気がつき、さくらは口をつぐんだ。

ケロちゃんのことは、みんなにはナイショなんだった……！

「ケロ？」

秋穂が不思議そうに首をかしげる。

さくらは、あたふたと、ごまかした。

「あ、あのその……ケ、ケロちゃんってぬいぐるみ、大事にしてるの」

「同じですね！」

「うん！」

新しい共通点が見つかったのがうれしくて、さくらは秋穂と顔を見合わせ、ほほえみあった。

「私《わたし》、明日《あした》から学校にもいっしょに行きます！　さくらさんは？」

「え。えっと、私は……」

秋穂の言葉に、さくらは少しあわててしまった。

どうしよう……ケロちゃんには、いつもお留守番《るすばん》してもらってるんだけど……。

ちらりとリュックの方を気にすると、ケルベロスが、任《まか》せろと言わんばかりにぐっと親指を立ててみせた。

「い、行くよ。ケロちゃんといっしょに」

さくらの答えを聞いた秋穂が、ぱあっとうれしそうな顔になる。

「その子、お名前あるのかな」

さくらが聞くと、「はい！」と秋穂は元気よくうなずいた。

「モモといいます」

さくらはかがみこむと、モモに笑顔《えがお》を向けた。

「……私はさくら。モモちゃん、なかよくしてね」

「こちらこそ、よろしくお願いします。ね、モモ」

秋穂だけでなく、モモともお友だちになれて、さくらはとってもうれしくなってしまった。

☆ ☆ ☆

夕方。

秋穂との買い物を終え、さくらは家に帰ってきた。背中《せなか》のリュックサックは、食材でぱんぱんにふくらんでいる。

「ただいま～！」

「おかえり、さくらさん」

藤隆《ふじたか》が、出迎《でむか》えてくれた。腕《うで》にファイルをかかえている。

「帰ってたんだ！　大学は？」

「夜にはまたもどらないといけないんだけど、こっちにある資料《しりょう》を取りにね」

「そうなんだ……」

ここ最近のお父さんは、とてもいそがしそうだ。大学と家を日に何度も行き来していて、体調をくずさないか、心配になってきてしまう。

今日は、お父さんのつかれがふきとんじゃうくらい、おいしい夕飯を作ろう！

気合を入れつつ、重たいリュックサックを食卓《しょくたく》の上に置く。棚《たな》に置かれた撫子《なでしこ》の写真にも、「ただいま、お母さん」と声をかけた。

それから、買ってきたものを、順番にリュックサックの中から出していく。

ジャガイモ、牛乳《ぎゅうにゅう》、チーズ……食卓に並《なら》んだ食材を見た藤隆が、

「今日は、ジャガイモのグラタンかな？」

と、聞いた。

「当たり！」

「と、卵焼《たまごや》きも？」

卵のパックを見ながら、藤隆がつけくわえる。

「それはお弁当用《べんとうよう》」

この間のお花見のとき、さくらは小狼のために、お弁当を作っていった。あいにく、お花見におくれてきた小狼はすでにランチを食べてきたところだったのだけど……おなかが

いっぱいなのに、さくらが作ってきたお弁当《べんとう》を食べてくれて、しかも、卵焼《たまごや》きを「うまい」と言ってくれた。

その笑顔《えがお》が、すっごくすっごくうれしかったから……もっといっぱい練習して、きれいな卵焼きが作れるようになろうと、さくらは決めたのだった。

卵のパックを手に取り、ふふ、とさくらは自然にほほえんでいた。

「あ、そういえば、帰る時間、書いてあったけど」

藤隆がホワイトボードに目をやりながら言う。木之本《きのもと》家では、その日の予定をリビングダイニングのボードに書いて、おたがいの予定を共有することになっているのだ。そこに、さくらは「4時には帰ります。」と書いたのだが、実際《じっさい》にさくらが帰ってきたのは五時近かった。

「おそくなってごめんね」

さくらはあわてて謝《あやま》った。

「いや、それはかまわないんだけど。なにか用でも？」

「お友だちと会ったの！　いっしょにお買い物したんだよ。ほら、転校生の」

「ああ、いろんな国に行ったことあるって言ってた……」

「うん！」

さくらが藤隆に秋穂のことを話していると、携帯電話《けいたいでんわ》が着信音を鳴らした。

リュックの中をのぞきこむと、ケルベロスが携帯を持って、画面をさくらに向けてくれる。

着信通知には、「苺鈴《メイリン》ちゃん」の文字！

さくらは大急ぎで部屋にもどると、机《つくえ》の上にペンギン形のスタンドを置いて携帯を立たせ、ビデオ通話の準備《じゅんび》をした。

「やっほー！」

あいかわらずの元気な声とともに、画面に苺鈴がうつる。

さくらはうれしくなって、ずいっと顔を画面に近づけた。

「苺鈴ちゃん、こんにちは！」

「あいかわらずそうね、木之本さん」

「ほえ？」

「ぽやぽやしてるってことよ」

「そ、そうかな……」

さくらは困《こま》って、首をかしげた。

「そっちは大丈夫《だいじょうぶ》？　お夕飯の準備の時間くらいじゃない？」

苺鈴に聞かれ、さくらは「まだ大丈夫！」と元気よく答えた。

「香港《ホンコン》は……」

「前にも教えたでしょ。そっちより一時間巻《ま》きもどせばいいの。おやつ食べて、ゆっくりしてたところよ」

そう言って、苺鈴が画面に桃《もも》まんじゅうを見せる。お茶のセットもいっしょに置いてあった。

「あー！　ええなぁ、桃まん！」

すかさず聞きつけてきたケルベロスが、うらやましそうに画面をのぞきこむ。苺鈴はこれ見よがしに桃まんじゅうをほおばり、「うーんおいしい〜」と幸せそうな顔をしてみせた。

「……あいかわらずやな、小娘《こむすめ》」

ショックのあまり膝《ひざ》をついたケルベロスが、ぶすっとして言った。

「そっちこそ、あいかわらずちんちくりんね」

「なんやとー！」

おこったケルベロスは、部屋の真ん中で、本来の姿《すがた》にもどってしまった。

つばさを持つ黄金の獣《けもの》。それがケルベロスの真の姿だ。ネコ科の大型動物を思わせる体に、大きなつばさ。ひたいと胸《むね》に、赤い石が埋《う》めこまれている。瞳《ひとみ》は黄金にかがやいていて、威厳《いげん》たっぷりだ。

「この姿のどこがちんちくりんや！」

ケルベロスは誇《ほこ》らしげに胸を張《は》った。

ふたりは、わちゃわちゃと言いあいを始める。

「見てみぃ！　このグッドルッキングっぷり！」

「かさばる。じゃま」

「おのれ、小娘ー!!」

苺鈴にぴしゃりと一蹴《いっしゅう》され、ぐぬぬ……とケルベロスは歯《は》がみしてくやしがる。

「た、確《たし》かにちょっとじゃまかも……」

さくらも迷惑《めいわく》がると、

「さくらまでー!」

と、ケルベロスが、うらめしげににらんだ。

「場所を取るぬいぐるみは、置いといて。小狼、元気でやってる?」

「置くなボケッ!」

と、ケルベロスがわめくが、苺鈴はどこふく風だ。

「うん! クラブは落ちつくまで入らないって言ってたけど、学校、楽しいって」

さくらが答えると、苺鈴がなぜか、ちょっとあきれたような表情《ひょうじょう》になった。

「そりゃ楽しいでしょうよ、だれかさんのそばだし」

「ほえ?」

だれかさんって、だれのこと?

さくらが不思議に思って首をかしげると、苺鈴はあきれ交じりにため息をついた。

「……ほんっと、変わってないわね」

「まあ、さくらやからな」

と、ケルベロスまで同意している。

さくらはますますわけがわからなくなって、

「……ほえ？」

と首をかしげた。

「小狼もまだまだ苦労は続く、ってところかしら？」

そう言って、お茶をすする苺鈴に、ケルベロスが「小娘《こむすめ》はこっち来んのんかい」とたずねる。

「私《わたし》も学校があるからすぐには無理だけど、夏休みには日本《にっぽん》に行けるようにするつもり」

「ほんと!?」

さくらはうれしくなって、身を乗りだした。

「ちゃ〜んと案内してよ、おもしろいとこ」

苺鈴に言われ、「がんばる！」と元気よく答える。

「ワイが直々にいっちょもんだるから、覚悟《かくご》せぇよ小娘《こむすめ》」

「返《かえ》り討《う》ちにしてあげるわよ」

ふふん、と苺鈴が不敵《ふてき》に笑う。

「じゃ、またね」

「うん、またね！」

通話が終わってからも、さくらはうれしさをかみしめていた。

「わー、苺鈴ちゃんに会えるー！　あ、知世ちゃんにも知らせとこ」

知世にメールを送りながらも、さくらはうきうきと、苺鈴が来たらどこへ案内しようか考えていた。

「どこ行こう。苺鈴ちゃん、まだ行ったことないとこがいいよね」

「そんときは、ちゃんとわすれんと録画しーやー」

ケルベロスに言われ、さくらは「うん！」と、元気よくうなずいた。

その夜。

食卓《しょくたく》には、さくらが用意した夕食が並《なら》んだ。ほくほくのジャガイモのグラタンに、こんがり焼けたグリルチキン。それからサラダとパンもある。

「おいしい」

グラタンを食べた藤隆が、そう言ってくれたので、さくらはほっとした。

「よかった」

「まあまあだな」

と、桃矢《とうや》がぶっきらぼうに言う。

またいじわる言って！

さくらは、きっと桃矢をにらみつけたが、桃矢はどこふく風だ。

「お父さん、食べたらすぐ出ちゃう？」

さくらが聞くと、藤隆は「うん」とうなずいた。

「泊《と》まりになると思う」

「いそがしいね」

さくらが心配して言う。

「学会前だから。初めて論文《ろんぶん》を発表する学生もいるし、僕《ぼく》もできる限《かぎ》り見てあげたいからね」

「体、気をつけてね」

さくらが言うと、藤隆は「ありがとう」とほほえんだ。

「お、古典的ミス」

サラダをつついていた桃矢が、うれしそうにフォークを持ちあげた。フォークの先には、切りそこなった輪切りのキュウリがピラピラとつながっている。

「ほええええええ!!!」

急いで作ったから、失敗しちゃった……!

あわてるさくらを見てニヤリと笑うと、桃矢は、

「撮《と》っとくか。記念に」

と、携帯《けいたい》を取りだした。

「やめて―――!」

さくらがわめけばわめくほど、桃矢は楽しそうな顔になる。
「も――――っ！　ほんと、お兄ちゃん、いじわるばっか……」
と、そのとき。
ジ――――……。
さくらの耳もとで、機械の動作音のような、不思議な音がした。
「ほえ？」
周りを見回すと……そこは、いつものリビングダイニングではなかった。
真っ暗だ。
桃矢も藤隆もいなくなって、ただ真っ暗な空間に、さくらだけがぽつんと座《すわ》っている。
最近よく夢《ゆめ》に見る、あの、不思議な漆黒《しっこく》の闇《やみ》の中に来てしまったらしい。
なにかキラキラした、白く光る砂粒《すなつぶ》のようなものが、あたりにたくさんうかんでいる。
シャーン……シャーン……。
どこからともなく、ガラスがぶつかるような音が聞こえてきた。
そして、気がつくと目の前に、あのフードのだれかが巨大《きょだい》な歯車みたいなものの上に立っている。

「また……あなた……」

なぜこの子はいつも、私《わたし》の前に現《あらわ》れるんだろう……。

「あなた、私に言いたいことがあるの？　……鍵《かぎ》が、ほしいの？」

フードのだれかは、なにも答えない。

突如《とつじょ》、目の前を光がよぎった。

その光の中心に、時計の針《はり》のようなものが見える。

気がつけば、無数の光が、周囲を取りかこんでいた。

カチカチカチカチ……。

「時計……？」

歯車が回るような音とともに、目の前に、巨大《きょだい》な時計らしきものがどんどん積みあがっていく。

音は、だんだん大きくなっていく。

それにつられるように、さくらの心臓《しんぞう》の鼓動《こどう》も、ドクン、ドクン……と、大きくなっていった。

「あなた……だれ？　だれなの!?」

☆ ☆ ☆

「さくらさん？」

藤隆の声に、さくらはハッと我《われ》に返った。

「……あ」

あたりを見回すと、いつものリビングダイニングだった。さくらは、片手《かたて》にフォークを持ったまま、椅子《いす》に座《すわ》っている。食卓《しょくたく》の上では、ジャガイモのグラタンが、まだ湯気を立てていた。

「……大丈夫《だいじょうぶ》？」

藤隆に、心配そうな顔でのぞきこまれる。

「……私《わたし》、寝《ね》てた？」

「ううん、話しかけても返事がなかったから」

「ごめんね。なんかぼうっとしてた」

さくらは、ごまかすように言って、立ちあがった。

「パン、もう少し切るね」

キッチンに向かいながら、まだドキドキしている心臓《しんぞう》を落ちつける。

あの、フードのだれか……いったい、何者なんだろう？

☆☆☆

翌日《よくじつ》。

さくらは秋穂との約束どおり、ケルベロスをサブバッグにしのばせて、学校に行った。

ケルベロスは、学校に連れていってもらえるのがうれしいらしく、待ち合わせ場所で知世の姿《すがた》を見るなり、「よ!」と元気よく顔をのぞかせた。

「あら、ケロちゃんも？」

知世が、ケルベロスをのぞきこむ。

「昨日、秋穂ちゃんと約束したから」

「秋穂ちゃんと？」

さくらは歩きながら、昨日のことについて話した。お買い物の途中《とちゅう》で秋穂と会ったこと、うさぎのモモのこと、ケルベロスを学校に連れていく約束をしたこと。

「……そうですか、それで、ケロちゃんもいっしょに」

知世が納得《なっとく》したように言う。

「ケロちゃん、それなりに大きいから、カバンの外だと目立つし」

「そやからって、これはどうなんや」

ケルベロスがぼやきながら、首に結んだ赤いリボンをつまみあげた。

リボンはケルベロスの首もとで結ばれて、もう片方《かたほう》の先端《せんたん》は携帯電話《けいたいでんわ》につながっていた。携帯ストラップのマスコット、という設定《せってい》だ。

「スマホより大きいマスコットはどうかとは思ったんだけど……」

と、さくらが苦笑いする。

ケルベロスは不服そうにリボンをいじっていたが、知世に、「かわいいですわ」とほめられると、急に機嫌《きげん》をなおした。

「そうか!?」

「ケロちゃん、単純《たんじゅん》……」

さくらが、あきれたように、つぶやいた。


国語の授業中《じゅぎょうちゅう》。

守田《もりた》先生に指名されたさくらは、立ちあがって教科書を朗読《ろうどく》していた。

「……蘇枋《すおう》の色に沸《わ》き返《かえ》る。

すると船は凄《すさ》まじい音を立ててその跡《あと》を追っかけて行く。

けれども決して追っつかない。

ある時自分は、船の男を捕《つら》まえて聞いてみた。

『この船は西へ行くんですか』

船の男は怪訝《けげん》な顔をして、しばらく自分を見ていたが、やがて、『なぜ』と問い返した。

『落ちて行く日を追っかけるようだから』

「はい、そこまで。木之本さん、ありがとう」

守田先生に言われ、さくらはほっとして、自分の席についた。守田先生が、みんなを見回して解説《かいせつ》する。

「こんな感じで、夢《ゆめ》についての物語を集めた『夢十夜《ゆめじゅうや》』は不思議な話ばかりなんだけど、人によっては、こわい、と思うのもあるかもしれないわね。さて、夢には『予知夢《よちむ》』というのもあるのを、みんな知ってるかな。未来のことを、夢で見るということ。この『夢十夜』は予知夢というわけではないんだけど……」

……予知夢か……。

さくらは最近よく見るようになった、不思議な暗闇《くらやみ》の夢のことを思いだしていた。

あの夢はなんなんだろ……。

前にも、観月《みづき》先生やエリオルくんのことで、夢は見たけど……。

「それじゃ、続きを、詩之本《しのもと》さん」

「えっ」

先生に指名され、秋穂の声が裏返《うらがえ》った。

前の方に座《すわ》った千春《ちはる》に元気づけられながら、おずおずと教科書を持って立ちあがる。

――がんばって、秋穂ちゃん！

さくらも、秋穂の背中《せなか》に向かって、心の中でよびかけた。秋穂がふとさくらの方をふりかえり、目が合う。

さくらは、がんばれ、と口の形で伝えた。

秋穂はこくりとうなずくと、ぷるぷるとふるえる手で教科書をにぎりしめ、一生懸命《いっしょうけんめい》に読みはじめた。

「船の男は呵々《からから》と笑った。そうして向こうの方へ行ってしまった。

西へ行く日の、果《はて》は東か。それは本真《ほんま》か。東《ひがし》出る日の、御里《おさと》は西か。それも本真か。

身は波の上。

『かじまくら。流せ流せ』と――」

キーンコーンカーンコーン。

秋穂が読んでいる途中《とちゅう》で、チャイムが鳴った。先生が授業《じゅぎょう》を切りあげる。

次はお弁当《べんとう》の時間だ。

サブバッグの中をのぞきこむと、中でケルベロスがくーくーと寝息《ねいき》を立てていた。どうやら退屈《たいくつ》してねむってしまったらしい。

さくらの前の秋穂の席には、千春や知世が集まっていた。

「秋穂ちゃん、よかったよ、朗読《ろうどく》」

千春が声をかけると、秋穂は、

「ちゃんと読めてたでしょうか……」

と、心配そうに目をふせた。

「とてもすてきでしたわ」

知世が言い、さくらもうんうんとうなずいた。

「そうだ、秋穂ちゃん。クラブもう決めた？」

千春に聞かれて、秋穂は困《こま》ったように「それが、まだ悩《なや》んでいて……」と言葉を濁《にご》した。

「友枝中学は、演劇部《えんげきぶ》もあるよ。さっきの朗読、すごくよかったし」

千春が提案《ていあん》すると、秋穂は、千春とさくらの顔を順番に見つめ、

「おふたりは、チアリーディング部なんですよね」

と、聞きかえした。

「うん。秋穂ちゃんもやってみる!?」

さくらが言うと、秋穂は困《こま》ったように首をかしげた。

「私《わたし》、やったことがなくて……」

「大丈夫《だいじょうぶ》だよ。中学からって子も多いし」

と、千春が明るく言う。

みんなのやりとりを聞いていた知世が、ふいに「コーラス部は、どうですか」と、提案《ていあん》した。

「え？」

秋穂が意外そうな表情《ひょうじょう》になる。

さくらと千春は、あ、と顔を見合わせた。確《たし》かに、ぴったりかもしれない。花見のとき、知世が歌うのに合わせて、小さく口ずさんでいたのを思いだしたのだ。

と、そのとき、教室の入り口から、お弁当《べんとう》を持った小狼が顔をのぞかせた。

知世が、なにか思いついたように、小狼のところにかけていく。

知世ちゃん、どうしたんだろ……？

さくらたちは、きょとんとして知世の背中《せなか》を見つめた。

☆　☆　☆

知世に連れられて、秋穂や小狼、千春とともにやってきたのは、音楽室だ。

「先生にはお昼休みにお借りしたいと、お願いして許可《きょか》をいただきました」

知世は、慣《な》れた様子で、シャッとカーテンを開き、窓《まど》を開けた。

みんなで、ピアノのところに集まる。

「秋穂ちゃん、お花見のとき、歌っていらしたでしょう」

「え、ええ……」

秋穂がおどろいたように目を見開く。

「いっしょに口ずさんでくださっているのが、聞こえました」

やっぱり、知世の耳にも、秋穂がいっしょに口ずさんでいたのが、届《とど》いていたらしい。

さくらは、にっこりとして、つけくわえた。

「私《わたし》も聞こえたよ。きれいで澄《す》んだ歌声で」

秋穂は真っ赤になってしまった。

「ご、ごめんなさい！　じゃましてしまって！」

「うれしかったですわ。よかったらここで、いっしょに歌ってみていただけませんか？」

「で、でも……」

秋穂は困《こま》ったように下を向いた。

「あまり人前で歌ったことがなくて、うまく歌えないかもしれません……」

「私聴《き》きたい！」

さくらは、秋穂を勇気づけるように、元気よく言った。

「私も！」

と千春が言った。

「ね、歌って！」

秋穂はなおも恥《は》ずかしそうにためらっていたが、やがて、決心したようにこくりとうなずいた。

「が、がんばります！」

ぱちぱち、とみんなから拍手《はくしゅ》があがる。

秋穂が、知世のとなりに立った。

「秋穂ちゃん、この歌、ご存《ぞん》じですか」

知世はそう言うと、秋穂に譜面《ふめん》をわたした。

「あ、知ってます！　日本語を勉強しているとき、この曲も覚えました、大好きです！」

「李《リ》くん、伴奏《ばんそう》をお願いできますか？」

知世に言われ、小狼がぎょっとしたように目を丸くした。

「俺《おれ》が!?」

「お上手だとうかがっています」

「だれから」

「苺鈴ちゃんに」

知世がにっこりと答えると、小狼は、はぁ、と短いため息をついた。

「……あいつ……」

と、困《こま》ったようにつぶやく。

「小狼くん、ピアノ弾《ひ》けるの!?」

さくらが期待して、小狼に聞く。

「たいした腕《うで》じゃない……」

「聴《き》きたい！」

小狼はなおも照れくさそうにしていたが、キラキラと目をかがやかせたさくらに、じっと見つめられて根負けしたらしく、

「……うまく歌えなくなっても、知らないぞ……」

と、つぶやいた。

知世から笑顔《えがお》で差しだされた楽譜《がくふ》を受けとると、小狼はピアノの前に座《すわ》った。

小狼の指がなめらかに鍵盤《けんばん》をたたき、前奏《ぜんそう》が始まる。

すう、と息を整えて知世と秋穂が歌いだしたのは、『おぼろづきよ』。

春の夕暮《ゆうぐ》れにうかんだ月の美しさを歌った曲だ。

知世と秋穂の澄《す》んだ声が重なり、みごとな旋律《せんりつ》を紡《つむ》ぎだす。

すっかり聴《き》きほれていたさくらの耳に、どこからともなく、またあのジーッという音が聞こえてきた。あれ、と思ったが、すぐに聞こえなくなる。

空耳だったのかな？

やがて、小狼の指が鍵盤《けんばん》から離《はな》れ、曲が終了《しゅうりょう》した。

音楽室が、一瞬《いっしゅん》、しんと静まりかえる。

初めに拍手《はくしゅ》をしたのは、千春だった。

ふたりとも、すっごくすっごくきれいな声！

さくらも、すっかり感動して、ぱちぱちと手をたたきつづけた。

「すごい！　私《わたし》たちだけで聴くの、もったいなかったよね！」

と、千春も興奮《こうふん》した様子で拍手をしている。

「知世さんがリードしてくださったから……」

秋穂が、照れながらもうれしそうに、知世の方を見る。

「秋穂ちゃんの歌声がすてきだったからですわ」

知世と秋穂は、自然に目を合わせて、ほほえみあった。

それから秋穂は小狼に向きなおると、ぺこりと頭を下げた。

「伴奏《ばんそう》、とても歌いやすかったです。ありがとうございました」

本当に！　小狼くんの伴奏も、すっごくすてきだった！

さくらはすっかり興奮《こうふん》して、こくこくと秋穂の言葉にうなずいた。

「あ、いや……」

と、小狼は口ごもり、照れくさそうに目をそらした。

「うん！　これはコーラス部、いいよね！　知世ちゃんとのデュエット、また聴《き》きたい！」

千春がぐっとこぶしをにぎりしめる。

さくらはまた、こくこくとうなずいて同意した。

「ご迷惑《めいわく》ではないでしょうか？」

秋穂が遠慮《えんりょ》がちに、知世の方を見る。

「みなさん、きっと喜んでくださいますわ」

知世の言葉を聞いて、秋穂はぱあっと笑顔《えがお》になった。

「……入りたいです。コーラス部」

秋穂ちゃんが、コーラス部に！

さくらは自分までうれしくなってしまった。知世ちゃんといっしょに、きっと、とってもすてきな歌を歌ってくれるはず！

と、そのとき。

ジーッ。

また、あの音が聞こえた。

「……あれ？」

きょろきょろと周りを見回し、再《ふたた》び耳をすます。

ジーッ。

やはり、なにかの音が聞こえる。

「どうした」

さくらの異変《いへん》に気がついた小狼が、声をかける。

「わからない……。わからないんだけど……、音が……」

さくらが小声で答える。

小狼は、けげんな表情《ひょうじょう》をうかべる。知世に向きなおると、平静を装《よそお》って聞いた。

「大道寺《だいどうじ》。まだここ、使っていいか」

「お昼いっぱい、とお約束しているので、まだ大丈夫《だいじょうぶ》ですが」

「少し、用があるんだ。借りてていいか」

察しのいい知世は、カードがらみのことだとわかったらしく、それ以上深くは聞かずに
「わかりました」とうなずいた。それから、

「秋穂ちゃん、入部届《にゅうぶとどけ》をいただきにまいりましょう」

と、秋穂をうながす。

千春もいっしょに出ていき、音楽室にいるのは、さくらと小狼だけになった。

「音が、どうした」

小狼がさくらに聞く。

「昨日の夕飯のときも聞こえてたんだけど」

「どんな音だ？」

「なんか、こう『じー』って感じの……どこかで聞いた……」

聞き覚えはあるんだけど、いったいどこで聞いたんだろう……。

しばらく考えて、「あ！」と思いだす。

「知世ちゃんが昔使ってたビデオ！」

とたんに、ジーッという音が、大きくなった。

この音、知世がビデオカメラで撮影《さつえい》しているときの、機械の駆動音《くどうおん》にそっくりだ。まるで、なにかを録画しているかのような……。

「でも……どこから……？」

きょろきょろと、あたりを見回す。

壁《かべ》にかかった作曲家の肖像画《しょうぞうが》に違和感《いわかん》を覚えて、さくらは視線《しせん》を止めた。よくよく見てみれば、ベートーベンの肖像が、指でファインダーを作るポーズをしている。

「あそこ！」

さくらはとっさに、鍵《かぎ》を取りだした。

「夢《ゆめ》の力を秘《ひ》めし鍵《かぎ》よ。真の姿《すがた》を我《われ》の前に示《しめ》せ！　封印解除《レリーズ》！」

鍵がググッとのびて、杖《つえ》になる。

さくらは杖をかざすと、呪文《じゅもん》をとなえた。

「主《あるじ》なき者よ。夢の杖のもと、我の力となれ！」

光が集まって、大きな結晶《けっしょう》となっていく。

さくらはすっと息を吸《す》い、さけんだ。

「固着《セキュア》！」

パァン！

結晶が、ガラスの破片《はへん》となってあたりに飛びちる。

ゆっくりと降《お》りてきたカードを受けとめ、さくらはきざまれた文字を読みあげた。

「〝記録《レコード》〟――〈RECORD〉……記録《きろく》」

カードには、古いカメラに羽が生えたような絵があった。

「また新しいカードが……」

さくらは小狼にカードを見せた。

小狼はじっとカードをにらむと、くやしそうにつぶやいた。

「……なにも感じなかった……。クロウカードのときとはまったくちがう……」

「……小狼くん？」

小狼の様子にただならぬものを感じ、さくらはとまどいがちに小狼をのぞきこんだ。

「俺《おれ》にはなにも……、感じなかった……」

小狼は顔をゆがめ、やりきれないものをこらえるように、立ちつくしている。

小狼の、その表情《ひょうじょう》の意味を、さくらはまだ知らずにいた。

著者

有沢ゆう希 ありさわ　ゆうき

早稲田大学文学部卒業。著書に『恋と嘘　映画ノベライズ』（原作：ムサヲ/脚本：吉田恵里香）、『小説　ちはやふる　上の句』『小説　ちはやふる　下の句』（原作：末次由紀）がある（いずれも講談社文庫）。

原作者

CLAMP クランプ

1989年『聖伝―RG VEDA―』でデビュー以来、『X』『魔法騎士《マジックナイト》レイアース』『カードキャプターさくら』『ちょびっツ』『×××HOLiC』など、少女誌・少年誌・青年誌の枠を越え、常に時代をリードする作品を生み出し続けている創作集団。

装丁　飛弾野由佳（金魚HOUSE）

この講談社KK文庫を読んだご意見・ご感想などを下記へお寄せいただければうれしく思います。なお、お送りいただいたお手紙・おハガキは、ご記入いただいた個人情報を含めて著者にお渡しすることがありますので、あらかじめご了解のうえ、お送りください。

〈あて先〉
〒112-8001 東京都文京区音羽2-12-21
講談社児童図書編集気付　有沢ゆう希先生

この本は、アニメ『カードキャプターさくら』をもとにノベライズしたものです。また、アニメ『カードキャプターさくら』は、講談社なかよしKC『カードキャプターさくら』（CLAMP）を原作としてTVアニメ化されました。

★この作品はフィクションです。実在の人物、団体名等とは関係ありません。

講談社KK文庫 A27-5

小説《しょうせつ》 アニメ カードキャプターさくら クリアカード編《へん》 1
2018年3月27日 第1刷発行（定価はカバーに表示してあります。）

著　者　有沢《ありさわ》ゆう希《き》
原　作　CLAMP《クランプ》

発行者　渡瀬昌彦
発行所　株式会社 講談社
〒112-8001 東京都文京区音羽2-12-21
電話 編集 東京(03)5395-3535
販売 東京(03)5395-3625
業務 東京(03)5395-3615

印刷所　慶昌堂印刷株式会社
製本所　株式会社 国宝社
本文データ制作　講談社デジタル製作

講談社

N.D.C.913　244p　18cm　Printed in Japan　ISBN978-4-06-199669-4

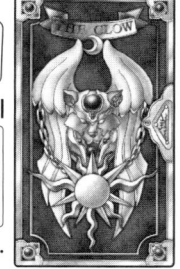

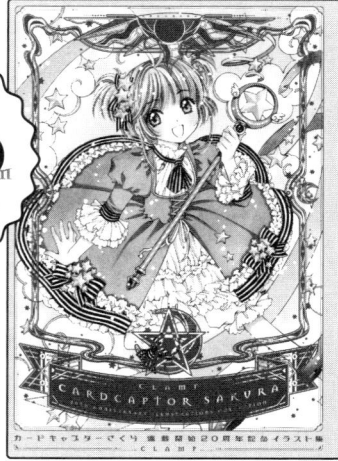

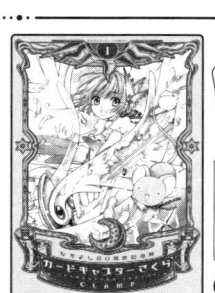

新《あら》たな冒険《ぼうけん》、はじまる――。
単行本《たんこうぼん》全《ぜん》③巻《かん》絶賛《ぜっさん》発売中《はつばいちゅう》!!
3巻《かん》と同時《どうじ》発売《はつばい》の特装版《とくそうばん》は、オリジナルドラマを収録《しゅうろく》した
缶《かん》バッジ型《がた》オーディオプレイヤー「プレイボタン」付《つ》き!!
[ツバサ -WoRLD《ワールド》 CHRoNiCLE《クロニクル》- ニライカナイ編《へん》]
CLAMP
発行《はっこう》／講談社《こうだんしゃ》 ©CLAMP・ST／KODANSHA